康定雅拉神山下的牧民家庭

云南迪庆纳帕海

四川德格印经院

爱尔兰作家、诗人——乔伊斯的塑像

冰岛维京人竞技

休息中的维京武士

雷克雅未克维京人博物馆

墨染马蹄香

一个人类学者的旅程与记忆

朱靖江 著

九州出版社 JIUZHOUPRESS | 全国百佳图书出版单位

图书在版编目（CIP）数据

墨染马蹄香 ：一个人类学者的旅程与记忆 / 朱靖江
著. -- 北京 ：九州出版社，2021.8
ISBN 978-7-5225-0350-9

Ⅰ．①墨… Ⅱ．①朱… Ⅲ．①游记－作品集－中国－
当代 Ⅳ．①I267.4

中国版本图书馆CIP数据核字(2021)第149840号

墨染马蹄香：一个人类学者的旅程与记忆

作　　者	朱靖江　著	
责任编辑	古秋建	
出版发行	九州出版社	
地　　址	北京市西城区阜外大街甲 35 号（100037）	
发行电话	(010)68992190/3/5/6	
网　　址	www.jiuzhoupress.com	
印　　刷	天津奥丰特印刷有限公司	
开　　本	710 毫米 ×1000 毫米　16 开	
印　　张	15.75　插页 8P	
字　　数	160 千字	
版　　次	2021 年 10 月第 1 版	
印　　次	2021 年 10 月第 1 次印刷	
书　　号	ISBN 978-7-5225-0350-9	
定　　价	79.00 元	

序

　　这本书收录了我从 2000 年至 2019 年间部分旅行与田野调查类的文章。应该说，之前二十年间，我的生活存在着高度的不确定性与波西米亚式的随意性，特别是新世纪的头一个十年，我作为一名文化工作者，不断变换着自己的角色：纪录片导演、电视台记者、杂志自由撰稿人、网站频道主编、图书译者、旅行向导、专栏作家……后来还成为北大的人类学博士研究生。在这些驳杂的身份与文字、影像工作中，其实贯穿了一条线索，就是对多元文化的体认与表达：无论这一文化脉络源自喜马拉雅山地，还是巴西的贫民窟。我想，那个时代的本人还带着探索世界的朝气，以及遵从内心而非学理的价值观，因此，文字本身较我后来投身的学术写作，自然要灵动许多，有着比较丰沛的文艺气息。

　　与此同时，这些文字也见证了中国旅行、地理与文化类杂志的黄金时代，它们大多曾发表于《中国国家地理》《文明》《DEEP 中国科学探险》《万象》等刊物，以图文并茂的万字长文，建构了一种人文地理式的写作风格。很遗憾，随着纸媒时代的衰微，这些刊物除了极少数尚在，大部分已随风而逝，一个深度阅读的时代似乎还没有成型，便已经瓦解。我作为一名长期参与过写作的共同体成员，只能"挥手自兹去，萧萧班马鸣"。当然，撰写其中部分文章的时候，我和人类学还没有学术上的关联，但我的写作从一开始就受到一些人类学家的影响，特别是那些 20 世纪早期浪迹中国西部边疆的学人与浪子们。我年轻时也一度担任过美国《国家地理杂志》在中国的项目合作者，参与过若干摄影师与撰稿人在华的调研与创作过程，而担任中央电视台《世界电影之旅》导演的长期经历，则为我提供了一种基于电影与文明的视角，在海外旅行中有些特定的际遇与观察。这或许也是我后来投身于影视人类学研究创作的机缘所在。

苏轼有云："人生到处知何似，应似飞鸿踏雪泥：泥上偶然留指爪，鸿飞那复计东西。"这本小书，算是我在人生半途的一段旅程与记忆。是为序。

朱靖江

2021 年 9 月 6 日 于京郊寓所

目\录
contents

辑二　在异域文明穿行 / 137

辑一　时光的行迹

一　康巴之路：风霜雕染的青春面孔

　　垭口的罡风吹动玛尼堆上斑驳的旧经幡，一声太息将浑然夜色豁开几茬微茫的缺口。泛红的晨光轻盈地爬上贡嘎山雄狮一般的峰顶，掠过山脚下小村的桑烟，渐次点染着折多河湍急的流水与露珠丰盈的塔公草原。道路在无言地生长，勾连起每一世代的牛铃响与马蹄声。远方朝圣者起伏的身姿悠然唱出六世达赖仓央嘉措新谱的情歌——康定自在溜溜的歌中，而理塘城外绛红色的长青春科尔寺，也将新鎏的金顶沐浴在倏然明媚的朝霞里。

　　于是饮马雅砻江畔，在每一片牧场的黑帐篷前静候格萨尔王凯旋的消息。从马尼干戈辗转行来的马帮商旅带来了茶包与盐巴，也满载着德格印经院用朱砂印就的《甘珠尔》和《丹珠尔》经卷。忽然几道涟漪抓破一袭澄蓝的天色，康巴大地幻化成一张风霜雕染的青春面孔。你无须轮回，便重又踏上这条满怀乡愁的苍凉旅程。"拉索罗！"垭口飞扬的风马旗喊出它意味深长的一声赞叹。

塔公草原：浪迹与行旅

旧名"打箭炉"的康定城，在三盘五转之后便从视野里消失了踪迹。折多山如一道凌越时空的关隘，依稀障隔着汉藏两地的风物与信仰，记忆与归宿。早秋时节的山野凋零了大半丰美的花色，树叶悄然转黄，一道潺潺的清流善睐如明眸，将收割过青稞的田亩与连绵高耸的铁色丘陵勾画成一幅农闲的风景，又被散牧的牛羊含在嘴里，慢慢地咀嚼着。

下折多山西行至新都桥，再北上数十公里，当眼界从山重水复间豁然开朗时，塔公草原早已在我们的身边起伏铺张，望不到边际。从地平线涌动的云气蒸腾至雅拉神山的雪顶四围，如意念一般倏忽变幻着。古老的塔公寺在晌午的阳光下熠熠生辉，几位摇着转经筒、捻着念珠串的老人在墙根下闲闲地坐着。而在寺院的殿堂前方，一名头顶红色遮阳帽的年轻喇嘛向我微笑致意："扎西德勒！我是索南达杰。"

三十岁的索南达杰是塔公寺的管家，从德格一所佛学院毕业之后，便来到这座康区著名的萨迦派寺院修行与服务。"塔公寺是文成公主修建的。她从汉地带来的一尊佛像因为喜欢这里的风光水土，便留下来不肯继续前行。所以'塔公'的意思就是'菩萨喜欢的地方'。"索南达杰指着殿内那尊古老的佛像，讲说它历经劫难得以幸存的民间秘史。

索南达杰欣慰地望着桑烟升起的塔公寺，浮现出满脸纯真的微笑。他绛红的僧服里面，是一件印有 NIKE 标志的红色 T 恤衫，使这位年轻的寺院管家看上去还像一名满怀憧憬的佛学院学生。

塔公寺东北方向的草原深处，循一条古老的牧道逶迤前进，在插满红白两色经幡的坡头下方，高低错落的几幢碉房，簇拥着一座巨大的佛塔，这里正是康区以"和平大法会"而名闻遐迩的小村庄各日玛。

"各日玛"，仿佛是谁舌尖轻吐的一个卷舌音，抑或是用钢钎雕琢青石经版时磕击的回响。它可以在每年藏历正月十五那天，将成千上万顶风冒雪而来的康巴信众聚拢在村中的场坝里，镇日聆听低沉的法螺与高扬的佛号；也能在九月一个日光微醺的下午，守望清净寡言的一方乡土，让心绪归于牧马牵牛的那份平淡。

我用一枚硬币，从潜心刻经的汉子手中换得一块镌写了藏文六字真言的玛尼石版，又将它摆放在各日玛佛塔旁大垛的玛尼堆上。"你的心意也会被添加在佛塔中的。"一个苍老的声音从我身后传来，兀然得有些出乎意料。鹰一样面孔的康巴老者随即站在我的面前：灰白的长发垂落肩头，凌厉的双眸透着微微的笑意。"我们会把它砌入塔里，和这亿万块玛尼石一样。"他挥手指向村中金字塔状的斑斓佛塔，几名匠人正在将一片又一片刻满经文的石版添加在佛塔的基座上，层叠无止，在蓝天下庄严得令人屏息肃穆。

"我叫然帕。"老人注视着我说，"我们各日玛人的心愿是用二十亿玛尼石修成这座神圣的经塔。今天，你也是这奇迹的一名贡献者。"

我跟在然帕老人的身后，逐一推转塔前一人多高的金色经筒，倾听风从远坡经幡上吹来的气息。操着瓦刀的年轻工匠俏皮地吐了吐舌头，又俯身做他砌铺经版的活计。几名年轻的红衣女尼帮忙调整经筒的转轴，悠闲又忙碌。一些从异乡赶来朝礼的老迈藏人不再返回故里，而是在经塔周围垒起简陋的石屋，就此栖居于各日玛村内，一如年少离家，老来终于归返家园的浪子。我忽然想起一位摄影师朋友托我问候一个名叫贡布的老者，他和妻子儿女就住在各日玛，两年前曾与那位摄影师有过数日的交情。

"你是说早年参加藏军打过仗，后来被政府喊下山来的老贡布吗？"然帕问我，"他两天前刚过世。喇嘛们正在他家中念经，再过两天就要送到山那边去了。"老人一边遥指着远处的坡头，一边领我走到一幢新近建成的藏房门口。贡布的家人在院子里张罗淘洗，见有客来，便将我们让至二楼的厅堂里。贡布的妻子郭库安详而伤感地望着我们，昏黄的灯光映着她花白的头发和苍老的容颜，却是一种洞悉往生与来世的宁静目光。

女儿们在房间里打茶待客，内间的经堂传来僧侣嗡唵低沉的诵经声。在生命如流水般的安歇过往中，老贡布悄然带走了他今生历尽的苦难与欢乐，再次踏上灵魂流转的旅程。我们虽无以追问此间湮灭的往事，但在标志着坚忍信仰的各日玛，伤逝从来只是一场短暂的离别，正如广阔的塔公草原，每每经过寂灭的寒冬之后，总有新春的芳草在冰雪消融的康巴大地上再次萌生。

"塔公草原的康巴人有从军的传统。老贡布干过藏军，我年轻时参加过解放军。二十多年前还在云南边境负过伤。"从贡布家出来，一位身穿迷彩服，留着寸头的藏族老汉与我攀谈起来。他撩开袖筒，露出手臂上一片椭圆的伤疤，又递给我一张红色的伤残证，上面写着"西绕绛措"几个字。西绕绛措曾在重庆等地当兵多年，退伍后在乡政府工作，算得上是塔公草原最见多识广的一个人物。

"我和他们不一样。贡布辛劳一辈子修起这幢新房，还没住几天就死去了。我退伍一回家，就把分给我的一百多头牦牛全都卖掉了，然后去全国旅游。"西绕很有些得意地说，"广州、上海，我到处都走过。好耍得很！"

"如果要去五台山朝佛，该怎么走好？"然帕领着我和西绕绛措走进他自家的房门，端上一碗酥油茶，不经意地问道。我大致描述如何从成都乘三十多小时的火车至北京，再转车往山西方向的路线。然帕专心地听着，他身后的墙壁上贴着布达拉宫和远近几位活佛的照片，还有一张帐篷林立、灯火通明的草原夜景海报，上面用汉字写着："菩萨喜欢的地方——塔公"。

茶过三道之后，然帕又拿来青稞和奶渣，请我们就着酥油茶揉糌粑吃。"我养了一百五六十头牦牛！不算村里最多的。"然帕淡然地说。西绕则私下告诉我，康区的牧人从不会告知外人牲畜的准确数字，因为他们笃信一旦将这个神圣的数字泄露出去，家中的牛羊就再也不会继续繁殖了。然帕的屋中摆满了鼓鼓的酥油口袋和冰柜、电视、影碟机等家用电器,生活之殷实可见一斑。内室被布置成一间华丽的佛堂,这里才是然帕神驰心属的灵魂圣地——菩萨喜欢的地方。

西绕绛措坐在我身边,继续讲他四方漫游的见闻和理想:"明年再卖几头牦牛,就往北京去一遭。"然帕端茶啜饮,沉吟而又不失庄严地望着我们,间或也说几句他往西藏朝圣的经历。"你一路都会看到推着小车朝佛的人、一步一拜磕长头的人,他们都是发愿往拉萨去的。"然帕回想他从塔公草原徒步走到拉萨的往事,"我用了十个月的时间。若是磕着长头,至少需要两年……你说去五台山的路程,真的五天就可以到了吗?"

我热诚地与这两位康巴长者讨论着拉萨与北京,浪游和朝觐,仿佛是为自己抽丝剥茧地挣脱心灵的束缚。放浪者如西绕,自由地追逐他天涯远蹈的不羁梦想;信仰者如然帕,虔诚地践行他苦旅朝圣的人生宿命;甚至安息者如贡布,也圆满了他早年戎马异乡,暮年归返家园的心愿。我们都是在众生道上坎坷前行的旅人,各日玛如一座中途的驿站,短暂的相逢之后,又指示着不同的前程与方向。当我们的汽车重又启程上路,那些生息千载的记忆与梦想、祈祷与吟唱,依然随着荒野的风,奔行回转在广袤苍凉的康巴大地上。

理塘：甘泉圣殿

三百年前一个秋日的下午，年轻的六世达赖仓央嘉措从布达拉宫的窗棂间眺望拉萨上空飞过的白鹤，一颗孤寂的心灵悠然似有寄托："飞翔的白鹤啊，请借你的翅膀一用。我不会走得太远，去去理塘就回。"仓央嘉措作为西藏历史上最富于传奇色彩的情歌圣手与命运多舛的宗教领袖，因为"不守清规"的谤责与政治宗派的纷争，不久后即在押赴朝廷问罪的途中凄然圆寂。那颗流离世间的心灵再度漂泊上路。依着仓央嘉措诗歌中的预言，公元 1708 年，理塘一户牧人家庭降生了一个据说"臂弯上生着法轮和莲花纹路"的婴儿，他就是七世达赖格桑嘉措。

格桑嘉措的故居依然是三百年前那幢素朴的土坯房，没有因主人曾被迎奉为西藏最高的统治者而被重新修葺。天光黯淡的房间里只悬挂着百来条雪白的哈达，如同仓央嘉措歌中那一双双仙鹤的翅膀。曾经是草原牧人会饮行商之地的理塘镇子，因着道路的通达与贸易的兴盛，如今更现出一派熙熙攘攘的繁忙景象。市集上满是汉藏客商与摆放着电器、服装和日用品的大小铺面，林立的餐馆混合着酥油茶与麻辣火锅的浓香。街头虽少了信马由缰的神骏驭手，但一辆辆威猛的摩托车从城中呼啸而过，头绾红色英雄结的康巴汉子照样在海拔四千一百米的"世界高城"做他们的"逍遥骑士"，不时还有身着绛红僧袍的喇嘛驾着摩托飘然而来，又绝尘而去。

"除了放牧，理塘人一年中大半的时间都用来办山货，做生意。"从十五岁就开始闯荡经商的昂旺扎西在酒桌上告诉我，"从四月底到六月末，正是挖虫草的时节。理塘虫草的质量虽不算最好，但是产量却不小。好虫草只长在高坡草场上，挖起来十分辛苦；灌木丛里虽然也能找到，药效却差得很远。"昂旺扎西虽说年纪轻轻，头脑却清楚得赛过计算机："七月中到八月底，就上山收松茸。到了十月间，大黄、贝母等各类药材成熟了，又可以运到成都去做药材生意。今年雨水足，松茸大丰收，价格却落得很低。不过虫草卖得好，大的一支能卖到十来块钱，理塘有的家庭全体出动，光靠虫草就挣了十几万哦。"

理塘县城新建了"锦绣康巴一条街"，沿街尽是雕梁画栋的藏式民宅，民间的富庶程度约略可知。城郊又修起一座草木丰美的白塔公园，供市民游憩和佛教信众们转经之用，据说这座公园是理塘百姓自发捐资建造起来的。每年八月野花遍地、草长莺飞的黄金季节，理塘赛马会是名动康藏全区的一大盛事，不但各地骑术出众的骑手悉数出阵，许多外乡人甚至外国人也不畏高远，千里迢迢赶来观战，偌大的虎皮坝子又搭起一座座洁白的帐篷城。

繁华市井与辽阔草原固然令人沉醉忘返，理塘的灵魂却在城外半山坡上的藏传佛教大庙——长青春科尔寺里。寺院宛如翡翠矿脉上的一枚红玉，镶嵌在芳草连天的缓坡山麓。被一千座白塔环抱的寺院似乎超然于尘世之外，高低错落的殿堂与经院隐藏着千年传承的密宗奥义。如果不是嘈杂声乍起，从正殿中忽然涌出七八个身着绛色僧袍的小扎巴，我会恍然以为这座寺庙已经凝滞在时空尽头，不再参与岁月的流转。

这些"娃娃僧"迅速将我们围拢成一团。很快，每个人的嘴里都嚼着一块口香糖，又开始好奇地抓弄我手中摄像机的镜头和话筒。正当我有些手足无措的时候，一位身材高大、年过半百的黄衣喇嘛笑呵呵地将他们拉到一旁。

"他们都是理塘县的孤儿，穿上这身衣服，就可以在寺庙里打饭吃、找床睡。"黄衣喇嘛笑着说，"孩子们都很可爱。有些长大了会到学校里念书；有些就受戒出家，把寺院当作一生的依托了。"我回想起在康定游历的时候，曾经访问过一所由活佛兴办的孤儿小学：康定西康福利学校，便将这所小学的校训背诵出来："善心于服务；平等于团结；求知于报效。"喇嘛点头微笑道："我们出家修行，正是为了服务众生，可不只是求得一身的解脱。"他自我介绍是长青春科尔寺的管家：土登丁增尼玛，大家都称他作登增喇嘛。

登增喇嘛可不是寻常的藏族僧人。他曾赴北京西黄寺的中国佛学院钻研佛经教义，后来更在上海复旦大学哲学系进修过两年。如果不是理塘寺院急召他回来管理寺务，或许登增喇嘛已经拿到了哲学博士的学位。在这位康巴高僧的引领之下，长青春科尔寺对我们敞开了它厚重而斑斓的信仰之门。

相传在四百多年前，三世达赖喇嘛索南嘉措行经理塘，看到广阔的虎皮坝子尽头一座金字塔形的山峰之上，自然呈现出时轮金刚的吉祥符咒，便在与之遥遥相对的另一面山坡上，修建了这座长青春科尔寺。三世达赖踩陷在石板中的一枚脚印，至今仍珍藏在寺院的佛龛内。在起伏跌宕的历史进程中，理塘长青春科尔寺不但发展成为康区久负盛名的庄严宝刹，与甘肃拉卜楞寺、青海塔尔寺并称为卫藏（也就是如今的西藏自治区）以外地位最崇高的黄教寺院，也曾在"文革"期间遭破坏，当时只剩一间经堂因为充作生产队的炸药库，才免遭被全部毁灭的厄运。

"这尊释迦牟尼佛十二岁等身像曾经残破不堪。"登增喇嘛指着大殿中央一尊金碧辉煌的佛像说，"我们专程去陕西西安求访名匠，花了很大的力气，才将其修复一新。"这时，有抑扬的诵经声在大殿深处悄然响起，梵音如唱，在佛陀的金色微笑之下，一名风尘仆仆的康巴老者将手摇的转经筒合十在掌心，默默地倾诉着自己的心愿。

今日的长青春科尔寺，正在它重建与复兴的紧要当口。寺内一众活佛与高僧都四方奔走，发愿恢复它在康藏地区佛教中心的地位。作为具体操持营建工作的人，登增喇嘛不时停下脚步，询问各项工程的进展，并在负责采办、出纳的僧侣们递来的单据上批示签字。寺院的空场中堆满了木材与石料，一些来寺院朝拜的老人争相用簸箕和小车，为庙堂的建设运送沙石。他们皱纹密布的脸上浮现出喜悦的笑容，"你的心意也会被添加在佛塔中的……"各日玛村那位然帕老人曾对我说过的话，又一次清晰浮现在脑海中。登增指着人群中一位奋力推车的老喇嘛说："他是寺院中身份崇高的一名堪布。我们每一个人都要用自己的劳动，来复兴长青春科尔寺古往的光荣。"

老堪布向我点头示意，又推起装满碎石的小车，朝寺院左侧一幢被脚手架包围的新建筑稳步走去。

"我们正在修造一尊二十四米高的强巴佛像，明年三月就可以落成开光了。"登增喇嘛领着我，跟在老堪布身后，走向那座尚未完工的朱红色殿堂，"那将是亚洲最高大的一尊青铜佛像，也会是长青春科尔寺的又一项功德"。他满怀憧憬地说。殿内是一派繁忙的劳作景象，被切割成段的巨大佛像正在工人们火花四溅的电焊中再度聚拢成型，暂时放置在紫铜莲座旁的一只佛手曼妙地指向天际。

"当年选定殿址破土动工的时候，一股清泉从奠基石的下方喷涌出来。活佛僧众都以为吉祥，于是诵经为泉脉加持，并将它引到殿外的庭院里，让大家都能够品尝这圣洁的泉水。"登增喇嘛请我掬饮一捧从地底汩汩流出的清泉，一股沁凉的气息直冲胸腹，我不觉为这甘冽的奇迹赞叹起来。

在佛殿的二楼，几名藏族画师正面对墙壁凝神作画，铅笔勾勒的佛像轮廓在雪白的墙面上依稀可见。"这些是我们从西藏请来的画师，他们将在这面墙上画出数百幅美丽的佛像。"登增喇嘛向画师们道一声辛苦，伸手又指向头顶有五色彩绘的天花板，"理塘本地的画师擅长绘制花草和动物，顶棚和梁柱上的彩饰便是他们的作品。"他又从墙边的工作台上拿起一部藏文插画的大书说："我们按照《佛说造像度量经》传承的规矩，要把藏族传统的佛教壁画在长青春科尔寺流传下来。"登增喇嘛仰望着满墙尚未着色的壁画底稿，在他的眼中，已然显现出一幅流光溢彩的佛国景象。

　　"对康巴人来说，一座伟大的寺院并不仅仅是一处祈祷求福的庙宇而已。"当我们站在佛殿顶层的晒台上，眺望山脚下的理塘县城以及远方云蒸霞蔚的理塘坝子时，登增喇嘛沉静地说道，"它是我们千百年来的灵魂依托，也是传承与捍卫藏族文化的坚强壁垒。它既是学校与医院，又是博物馆、文献馆和艺术画廊。每一间殿堂里珍贵的佛像、唐卡与壁画，都记载着藏族的历史与文明，梦想和希望。在辽阔的康巴草原上，没有谁会被拦阻在寺院门外。以甘泉和信仰的力量，人人都将得到心灵的慰藉。"

　　"因此，在康巴大地浪迹的旅人们，去理塘的长青春科尔寺掬饮一捧清凉的泉水吧，愿你们得到此生的幸福。"

德格：墨染马蹄香

　　翻过雀儿山海拔 5010 米高的垭口，下山西行数十公里，便是德格县城更庆镇的地界。狭长的一道山谷纵列着几行混凝土楼房，多少显得有些局促。然而从古至今，德格的赫赫威名从未因地理位置的偏远与治所地势的狭隘而稍有折损，它既是康巴的文脉、藏区的经堂，也是格萨尔王诞生与驰骋过的故国疆土。"朗（天）德格，萨（地）德格。"德格人曾骄傲地张扬着他们在康区的文治武功，佛法医学，那份丰盈的自豪与自信绝非夜郎自大。

　　德格不堕的名声大半源自镇上那座庄重内敛的印经院。在两百七十多年的历史中，德格印经院镌刻并收藏了三十多万块藏文雕版。除了藏传佛教公认的大藏经典《甘珠尔》与《丹珠尔》之外，在教义理论和修行方法上颇有歧异的藏传佛教各支派的学说述论，都在这座印经院里被一视同仁地典藏起来。"兴建德格印经院的第四十二世德格土司登巴泽仁算是康巴历史上雄才大略的一个人物。"正在搜集整理本地寺院历史的阿白先生告诉我，"他将各教派的典籍全部收藏在印经院里，掌握了经书，自然也就成了各宗僧侣们公认的法王。"

"德格印经院的修建颇多有趣的传闻。"熟知本地故事的阿白继续往事开讲，"登巴泽仁土司有一次如厕的时候，寻思要做成一番惊天的事业，让自己名垂青史，考量再三却不知从何做起。第二天一早，八邦寺的司徒活佛前来拜访，笑着对他说：你在厕所里拾到的宝贝可不要弄丢了。"

阿白先生悠然一顿，接着说："传说随后的几天里，德格土司在官寨门外的小山坡上经常听到琅琅的读书声，却始终没有见到人迹；又有一匹驮经的骡马在那座坡上忽然松了绳扣，经版哗啦啦撒了一地。这三桩怪事加在一起，登巴泽仁这才恍然大悟：原来他毕生的功业正是要修建一座泽被后世的大印经院。"

清晨的德格印经院缭绕在乳白色的桑烟里，手摇经筒绕着院墙顺时针行走的藏人，虔诚地信仰着这近三十万片经版所累积的无量功德。走入雕饰着绚丽花纹的经库大门，眼前是一排排高达四米的朱红木架，以及横行纵列地从架格间凸出的经版木柄。许多年代久远的雕版已经墨色沉着，黑黝黝地散发出乌金般的光泽。

　　"当年德格土司兴建印经院的时候，为了让刻经版的匠人们将经文雕刻得更深些，能耐住天长日久的印刷，想出一个好办法。"阿白先生抽出一块早期的经版对我说，"据说他命人将金沙撒进经版的刻痕里，刻得愈深，匠人所得的金沙便愈多。于是最早的这批经版直到现在依然可以使用，印出的文字照旧清晰刚劲。"

　　在印经院正中宽敞的作坊里，二十名工匠正手脚飞快地印刷着经文。他们二人一组相向而坐，将一条经版抵在两人之间的木搁板上。其中一人用蘸了朱砂或墨汁的板擦刷满经版，另一人则将专门用于印刷的藏纸置于其上，再拿滚筒一掠，一页经文便跃然纸上。

　　这份工作机械枯燥，但康巴人将它视作一种难得的功德，人人争先恐后地在印经院里愉快地劳作。印好的经卷暂时搁置于斜插在身旁的晾板上，再有专人运到二楼的栏杆上将墨迹风干。阳光从斜上方的天井洒落下来，柔和地勾勒出印经人俯仰的身姿，这幅意境深远的图景数百年来虽屡遭险难，终于未曾湮灭。

　　在作坊里监管印经流程的老人说："在'文革'的时候，曾经有一位更庆寺的活佛装作疯癫，冒死保护了库存经版没有被全部烧毁。否则，哪里还有德格印经院的今天？"

　　这位活佛的名号没能（在正史中）流传下来。毗邻印经院的缓坡之上，曾经威震八方的德格土司官寨也早已荡然无存，昔日的废墟如今是一所中学的校址——好让登巴泽仁土司的在天之灵依然可以听到琅琅的读书声。沿着学校院墙与一列白塔之间的甬道继续前行，就是昔日德格土司的家庙——更庆寺。这座从灰烬中涅槃重生的古老寺院，虽然面积已不及鼎盛时期的十分之一，但却如一朵复苏的古莲，再度绽放于康巴的文明之地。

"更庆寺与德格印经院、土司官寨原本都是一家。直到十年前，印经院被定为国家级文物保护单位，政府才从我们手中将它接管过去。"年轻儒雅的更庆寺活佛意西洛仁坐在幽静的禅房内，向我讲述这段纷纭的往事。虽然印经不再是寺院的职责，但每年春天，仍须由更庆寺活佛卜算吉日，主持仪式，德格印经院才能开始它半年一度的印刷工作。"我们命中注定将守护这座'德格吉祥聚慧院'，不管前世还是今生。"意西洛仁坚定地说。

更庆寺对面的山坡上，一座鲜花盛开、能够俯视整座印经院的藏式宅院里，格萨尔老艺人阿尼刚刚结束了他每日绕行印经院一百一十圈的例行功课，回到家中的佛堂里打坐沉思，他仿若听到遥远的天际传来杂沓的马蹄声，格萨尔王纵马挥戈，再度与他在冥冥中相会。门口几声犬吠，我的贸然到访让阿尼暂时中断了一天的静修与神游。

"在我十五岁的时候，曾经做过一场怪梦，格萨尔在梦中要我毕生唱诵他的业绩。醒来之后，《格萨尔传》就从我的嘴里唱了出来。"阿尼所说的学艺故事，与康藏地区不少"神授艺人"的经历大抵相仿，但他家中传下的两部诗书，想必也曾在他学唱的初期立过不小的功劳。"我去四方说唱《格萨尔》从来不收钱财，因为那是我今生注定的使命。"阿尼将一条扎着哈达的马鞭与鞭梢悬挂的一块松石拿给我看，"这条马鞭是格萨尔王传下来的；绿松石则是珠牡（格萨尔的王妃）曾经佩戴的首饰。"——要知道，在康区和藏地，人们更相信信仰的真实，即使它并非历史的真实。

阿尼右手紧握着格萨尔王马鞭，左掌当胸竖起，开始为我唱诵《格萨尔·赛马称王》中的段落。"在那黄金宝座上，坐着世界雄狮王。面如重枣牙如雪，格萨尔本领世无双……"阿尼高亢的歌声回荡在厅堂里，间或有他介绍人物性格与演唱方式的几句旁白："格萨尔王的腔调威武庄严；珠牡的歌声真挚柔美；大将甲察的声音勇敢坚定……格萨尔手下的八十大将，个个有他们独特的唱腔。"

在阿尼身后的镜框里，他七年前病逝的妻子卓玛拉措正微笑地望着他。这位昔日德格贵族家的女儿，同样曾是一位声名远播的格萨尔说唱艺人，正是这部传世史诗，将两个人的心紧紧地拴在了一起。如今，当阿尼在康巴草原的篝火旁，老泪纵横地歌唱格萨尔王的征战生涯时，他知道，卓玛拉措仍然在格萨尔统辖的美好天国里等待他的归来。

"你应该到甲察大将的城堡去看一看。"阿尼站在家门口向我挥手告别的时候喊道："龚垭寺的大威德金刚堂就建在甲察城堡的废墟上。"

从德格县城沿一条坎坷的乡级公路进到龚垭乡，转过几道河湾与山峦，便是龚垭寺的白塔和殿堂。这座曾经在教派纷争的德格历史上改换过多次门庭的古老寺院，被称作藏传佛教在康区更迭的一块"沉积岩芯"。我礼貌性地瞻仰了龚垭寺正殿，便沿着上山的一线小径，朝坡顶几堵断壁残垣攀去。那里就是传说中甲察大将的城堡遗址。

在《格萨尔王传》中，甲察是格萨尔同父异母的兄长，母亲有汉族血统，在格萨尔王的阵营里以智谋和勇敢著称。而在藏戏中，甲察将军的面孔远较其他人物白皙，也是取他近于汉人的相貌特征。"甲察的舅舅是汉族人，显示了汉、藏两族和亲历史的民间认同。"研究地方史志的阿白先生说。据称龚垭地方曾是甲察的封国所在，远近山坡上现存的三座碉楼废墟，正是这位格萨尔大将昔日屯兵驻守与的要塞卫城。

与甲察城堡遥遥相对的峰巅，有一道凹陷的豁口，当地人传说是甲察大将张弓射穿的箭痕。就在故城中央的台基上，龚垭寺僧人修炼密宗的金刚堂兀然独立。"甲察是这里昔日的主人，因此他也是我们修行时的护法。"已经闭关修行半年之久的则翁其美喇嘛告诉我。在这座供奉着面目狰狞的大威德金刚的殿内，同时也珍藏着甲察大将穿过的铠甲和用过的茶壶。"有时我们觉得甲察大将还在身旁。他骑着骏马巡视自己的山川国土，又追随格萨尔王奔赴遥远的地方。"则翁其美抚摸着那身古老的铠甲，轻声地说。

当我们再度翻过雀儿山高寒的垭口时，不禁学着满车的藏人挥手撒出一摞五彩缤纷的"隆达"——风马纸，让漫天的纸马随风飘逝，是谁高呼一声："拉索罗！格萨尔王胜利了！"撒欢儿的马蹄声奔腾着直冲向天际。

天路：从远方到远方

贡嘎山的雪顶在清晨雾霭中微茫不见，已经在山梁上等待了数日的摄影师孙有彬怅然回到距主峰最近的藏族居民点——贡嘎山村（依着老习惯，本地人还是称它作次梅村）。村口的板桥散发出原木被湍急流水冲刷出的清香，几座石砖砌成的灰色碉房挺直地兀立在篱笆环绕的青翠田园里，背后是一片墨绿色的冷杉林与浓淡渐远的重重山岭。这座自古以来便守望着贡嘎山与贡嘎寺的小山村，沉静地迎来又一个细雨空濛的平常时日。

牛马在山坡上安闲地啃食青草，风儿传递着村中的消息：西让的女儿昨夜诞生了，村长多杰的儿子——那个目光忧郁的十五岁男孩——前些天病死了，贡布家的农具还没有修，守寺的僧人从卓换成了新来的泽旺……只有七十几口人的小村在贡嘎山永恒的注视下生老病死，悄然流转，千百年来又似乎什么都没有改变。

"从次梅村到六巴乡，骑马要走三天。我希望村子以后能通起一条公路，孩子们也能有上学读书的机会。"多杰村长望着远道而来的老孙说，"就算我死去也没有关系。"

因着中途的泥石流，我没能深入贡嘎山深处，只在老孙有些神伤的讲述与几幅图片里，见识了这座孤守神山的村落与它沉默的子民，哪怕一点点享乐，他们都会十分珍爱。当我把一小块水果糖拿

理塘牧民

给孩子们，他们的脸上都会呈现出灿烂的微笑。

正如所有坚忍而虔敬的康巴农民与牧人一样，次梅村人无法割舍他们守望了数十代的贡嘎神山与寺院。虽然这份坚守让他们操劳疲惫，渴望着生存条件的些微改善，但天职的神圣却无法逃脱退避："至少要为贡嘎寺添几垛柴，照看香火吧。"多杰喃喃地说。

从贡嘎山至雀儿山，从金沙江到大渡河，从甘孜康定至西藏昌都、青海玉树，那些如血脉一般绵延不绝的道路坚实地存在着。山洪有时会损毁路面，江水时常淘空路基，曾经行走过马帮和背夫的盘山小路，也因着新路的开通，逐渐荒芜在历史的烟尘里，但山高水长的西康原野依然刻划着条条平坦的柏油大道和隐秘崎岖的朝圣小路。商人与牧民，军车与马帮，游方僧侣与流浪艺人……他们以往来的行迹勾连起一座座城镇与村落，一次次悲欢离合，令康巴大地的肌体始终跳动着青春的脉搏。

　　我亦是这条道路上漂泊的行路人。在德格马尼干戈小镇的三岔路口，一块指向格萨尔故乡阿须草原的路牌在我怅然不舍的回望下渐行渐远，终于再听不到行吟歌者赞颂雄狮大王的绝唱。甘孜大金寺的金顶也叠化成一张影像斑驳的老照片，显影出七十年前甘孜女土司德钦汪姆与九世班禅卫队长益西多吉之间悲欢交集的爱情故事。于是在炉霍县城喧哗的夜市里要一桶酥油茶，就着昏黄的街灯遥想千百年来这条茶马古道的落寞与繁荣。当折多山再度错落于身后，康定城豁然开阔于眼前的时候，我如古来的康巴商人一样热切地期待着打箭炉坝子上那间家一样温暖的锅庄（藏商下榻的旅馆、货栈与交易所）。

　　曾经在康区历史上兴盛一时的四十八家康定锅庄，早已在 20 世纪的雨打风吹下湮灭无痕。"当时汉藏商人之间的贸易，几乎全是在锅庄主人的中介下进行的。每一家锅庄都只接待固定的几家藏商，供他们免费吃住，为他们撮合生意。只是从成交的金额里提取一定的佣金作为报酬。"少时身为木家锅庄长公子的白马先生，说起六十年前康定锅庄业的黄金时代，仍有几分眷恋的情怀，"当时木家锅庄的后院里，每天都有二十几名缝茶包的工人为藏商准备成驮的茶叶，一些从印度辗转运来的呢绒、手表和新奇洋货，也在我家的库房里待价而沽"。

　　白马先生家藏式客厅的墙壁上，悬挂着一幅康巴少女的油画肖像。"这幅油画是吴作人先生的作品。画上的女子是我的母亲秋英卓玛，汉名叫木秋云，也就是木家锅庄的女主人。"白马望着母亲的画像，娓娓诉说这个美丽的康巴女子如何撑起一家的门户，长袖善舞地周旋在汉藏两族的客商之间，使藏名"甲绒色"的木家锅庄成为康定最有声望的行业翘楚。珍藏在白马家相册里的一张张老照片，也记载着那些凋零在历史深处的美好回忆。

"母亲的性格温柔而坚毅，即便是在二十世纪五十年代末，木家锅庄被查封，父亲锒铛入狱，我们全家都被扫地出门，她依然用宽阔的胸怀庇护我们这些年幼的孩子，直到生命终结的那一天。"白马先生指着相册中一张他跪倒在河畔的照片说："1984 年，我带着母亲的骨灰来到拉萨，将骨灰倾撒进拉萨河里，让她的灵魂在圣河中解脱。这是她生前最后一个愿望，或许也是木家锅庄在世间最后一点痕迹。"

我再一次凝视少女时代的木秋云那幅美丽的肖像画："生命终将逝去，可风霜雕染的青春面孔，却任谁也不可能将她轻易湮灭。"

汹涌的折多河在澄明的夜色中奔流而去。曾经在康巴大地上邂逅的一张张面孔依稀浮现在眼前。耳边又传来格萨尔艺人苍凉的歌唱声。道路深长，从远方一直延伸向远方。

二　荒芜英雄路：滇缅公路的行迹

　　1937 年底，为获取国际上援华的抗战物资，国民政府下令修筑一条由昆明至畹町，再辗转与缅甸、印度相沟通的国际通道。云南举全省之力，以九个月的时间和举世罕匹的艰苦耐劳精神，建成了一条全长 959.4 公里的道路——滇缅公路。其后七年的道路史完全是由鲜血写成：中国远征军沿这条路赴缅甸作战，日本军队也沿这条路进犯云南。中国军民与日本侵略者鏖战于滇西、缅北的丛林和山野，用二十万条生命的代价将倭寇驱逐出中国的西南门户。而这条"血路"至今仍坚实地盘旋在云南的崇山峻岭之中。

　　下午的阳光洒在漫坡的草地上，十几头山羊在灌木丛间自在地嬉戏。75 岁的农夫陆少仓攀在一棵老树上砍折柴枝，一条碎石铺就的"搪石路"从他眼前逶迤着伸向远方。他和这条道路相伴已有六十五年的时光，修路时他还是个十岁左右的孩子，和家人、邻居们一起用锄头、撬棒在连绵的山脊上开槽挖土，叠石平地，在莽莽苍苍的滇西山野刻画出一道曲折的痕迹。至于这条道路的两端究竟通向何方，陆少仓并不知晓，他只看到几年的时间里，无数的士兵和车马沿着他们修好的道路忽而涌来，忽而退去，其中有身材矮小、面目凶悍的日本兵，有来自外省、草鞋步枪的中国兵，还有些高鼻深目的西洋人坐在吉普车里匆匆经过。

一个甲子的岁月倏然逝去，除了偶尔驶过几辆偷运木材的卡车，村边的搪石路已极少碾过外乡人的辙印。被荒草侵染的道路依旧指示着开通时的方向：东北方的昆明城与西南方的缅甸国，而这条被称作"滇缅公路"的英雄故道，在羊群归圈的夕阳映照下也逐渐淡漠了它血色的壮丽，一如每一条平常的乡间小路，供陆少仓这样的农人赶集走场，牧羊拾柴。

与陆少仓邂逅时已是我们沿滇缅公路向昆明行进的第四天。这次旅程在我而言起始于缅甸的木姐镇，一个与云南瑞丽市一墙之隔的边贸小城。而两名同伴：美国《国家地理杂志》的玛丽亚和多诺万则已经在印度和缅甸的丛林里，沿着荒废泥泞的小径艰难跋涉了一个多月。在他们的眼里，瑞丽如同天堂一样，他们几周以来头一次洗了热水澡、上了互联网、喝到可口可乐，还在宾馆的电视里看见了自家的电视节目：美国"国家地理频道"。当然，在中国，最大的不同还在于旅行工具的变更：两辆越野汽车接替了大象和脚夫，而他们引以为豪的"五星级"露营帐篷也从此被塞到了箱子底下。

小城瑞丽散发着南部边城特有的气息：高大的棕榈树遮蔽着新旧斑驳的街区，美丽的凤尾竹蓬勃地生长，令人恍然忆起这里曾经是傣家的村寨。细雨不时地飘落下来，潮湿的空气令呼吸有些慵懒，因此每一个在街头行走的路人都显得优哉游哉。与邻国缅甸的边贸是这里大多数居民的主业，据说除了港澳台胞尚未在此常驻，这个巴掌大的小城云集了来自全国各个省份的生意人，交易的内容从日用百货到木材珠宝无所不有。

在瑞丽郊外最靠西南的角落，一片空空的水泥坝子堆积着附近农家的粮食和柴草。很少有人记得，这里曾经是抗战时期中国唯一的战斗机生产厂：雷允飞机修造厂。从 1939 年 7 月建成投产直至1940 年 10 月被日军炸毁，短短一年半的时间里，这家兵工厂打造出一百余架作战飞机，抗衡日军于万里长空之上，顽强守卫着中国西南的疆野与当时的陪都重庆。而眼前这片荒草丛生的空场，除了一座纪念碑上依稀可辨的铭文，再没有什么可资凭吊的遗迹旧物了。

几只鸡安详地在废弃的厂房地基上踱步，娃娃们倚着门框偷看这几个样貌奇特的外国人，浑然不知当年从这里起飞的飞行员里，有不少都是这般金发碧眼的模样。时光模糊了历史的足迹，疯长的草木也掩埋了过客的身影。从这个场院里隆隆开出来的，再也不是旋舞着螺旋桨冲向蓝天的飞机，庄户人的拖拉机和收割机早已成为这里的主人。

畹町镇曾经是滇缅公路通往缅甸的唯一门户，也是中日军队反复争夺的雄关要隘。1945 年 1 月，中国军队将进犯云南的日本侵略者全部赶出国门，最后一役即大胜于畹町。由于高速公路的改道以及瑞丽新口岸的便捷，这座曾繁荣一时的小城多少显得有些败落了，却又比当红的瑞丽多了几分沧桑的意味。我们从边防哨卡旁最后望了一眼雾气蒸腾的缅甸方向，便掉头驶上坎坷不平的滇缅故道。

山回路转，曾经逝去的一切似又重新呈现在我们面前。颠簸过无数辆辎重卡车、磨破过无数双草鞋脚板的搪石路，白森森地伸展着，嵌成路面的每一块石头都牢牢地扎在土里，如生根一般，骨气坚硬地证明它们存在的价值。一些小村寨掩映在路旁的竹林里，妇女们坐在房门外缝补衣衫；在不时经过的正在收割的蔗田，劳作的农人会邀请我们品尝新砍下来的甘蔗。由于大多数汽车都已改行柏油新路，这条蛮石铺就的老路几乎不再承担运输的使命，它如同一位饱经风霜的老人，与世无争，只和村中的父老把酒话一话桑麻。

车到龙陵县，田园诗般的风景渐渐让位于一袭萧瑟的寒意。也许是因为这里的地势较其他县镇高峻，也许是因为这里曾阵亡过近三万名中国军人，使龙陵的山川草木皆有国殇浩荡之气，总之一入县境，神情便不觉肃穆起来。县城道路平整，楼房大都是近些年新建的，看不到太多过往的痕迹，但有座日军修筑的暗堡却特意保留下来，伏在一幢高楼的底层，森然窥视着沧桑之变。从暗堡的射击口向外张望，明亮的阳光洒在行人的身上，与堡垒中的阴冷黑暗恰成鲜明的对比。几枚锈迹斑驳的炸弹丢在地面上，提醒人们战争距和平从来都不遥远。

沿滇缅公路在龙陵的群山之间行走，随处都可以望见昔日的战场，一些地名，如"逐日坡"，则将血写的历史溶入人们日常的念诵里。海拔 2267 米的松山更是给人一种锥心的震撼：1944 年，中国远征军第 71 军与第 8 军强攻松山，历时三个月，牺牲七千七百余名将士，最终夺取了这个被称作"东方直布罗陀"的战略制高点。在松山的坡谷之间，战壕交错，弹坑密布，青苔爬满终年不见阳光的沟底，令人感到阴气弥漫，回荡着死亡的残渣碎屑。那些略微平缓的山间空地曾经是两军血战搏杀的角斗场，据说，有一场战斗结束以后，有几十对中日士兵的尸体死死地拧在一起，无法分开。鲜血浸透的这片土地，几年之后仍有微茫的红色。

松山大战的惨烈在整个中国抗战史上都是罕有的，如今，松山之上漫山遍野的松树，都是人们在战后重新栽植的，唯有一棵老树，虽然被炮弹炸得千疮百孔，却顽强地活下来，无言地昭示着生命的奇迹。

在松山脚下的大垭口村，唯一健在的战争亲历者杨家印老人已经年近八旬。他曾经被日军掳去做伙夫，在松山战役前夜逃出敌营，此后与一名在战争中父母双亡的孤女结合，生儿育女，如今已是子孙满堂，安享晚年的天伦之乐。为躲避日军的蹂躏，松山左近的妇女也被迫逃离家园，在荒山野岭搭起窝棚，一住就是一两年，不少人因此冻饿而死。回溯日本在亚洲的侵略史，他们在被占领土上的暴行始终是无可回避的黑暗篇章。虽然这真相总被懦弱的日本政客遮掩，但即便是远在滇西山野中一道无名的山沟，也将在历史的审判堂上大声地说道："看，这是你们的罪证！"

距松山数十里开外，横跨怒江的一道铁索桥，就是滇缅公路上最著名的桥梁：惠通桥。这座跨径八十四米的木板悬桥曾经是沟通怒江两岸唯一的咽喉要道，从 1938 年 12 月至 1942 年 5 月，共有四十五万多吨的国际援华物资装载在卡车上碾过了惠通桥颤动的桥板。当远征军在缅甸作战失利，日军乘势大举入侵滇西，并准备渡江奔袭保山的紧要关头，惠通桥以它的粉身碎骨阻断了敌寇的强攻之势，使中国军队得以据怒江天险与日军对峙两年之久。如今，这座屡毁屡修的老桥也已经功成身退，被当作文物保护起来。虽然十来根铁索上还残留有当年的弹痕，但怒江两岸又长起葱郁的森林，鸟鸣幽谷，还有猴群在树丛间嬉戏。

在滇缅公路沿途各地，如此秀美的风物大都伴有悲壮的历史。古代时被中原雅客们不屑地视为"化外蛮夷"的云南各族民众都曾无比英勇地抗击过日军的侵略，可叹滇西军民抗战的历史未能为众多年轻一代的人所知悉。在保山市的一家网吧里，美国作家多诺万很想问一问坐在电脑前的年轻人，是否知道滇缅公路的往事，但看着他们玩电子游戏时浑然忘我的表情，多诺万先生欲言又止。

矢志于为湮灭的历史拂去尘灰的众人当中，保山博物馆馆长李枝彩先生是其中的一位。他主编的《中国远征军滇西大战》首次向国人全景式地展示了那场悲壮的战争。在一间环形的展厅里，陈列着他从乡下收集来的各种枪支弹药、军需器具。"在保山城乡，几乎家家户户都藏有这些战时的遗物。"李枝彩说，"这是一场全民的抗战，无分党派，无论军民。不管我们用什么样的标准看待这场战争，首先必须明确的原则是：与日本侵略者血战到底的都是铁骨铮铮的中国人。"

保山自古是滇西重镇，日军侵占龙陵、腾冲之后，这座古城便成为直接抗衡侵略者的前敌要塞。1942 年 5 月 4 日，日本飞机轰炸保山，当场炸死中国军民数千人，日军投下的细菌弹更先后夺去了数万人的生命。时隔六十年，保山籍音乐家马莲先生回忆此事时依然泣不成声。他的老师、同学有不少人惨死于日军的狂轰滥炸，侥幸逃生的马莲家业尽破，几乎流落街头。

但也是在战争期间，马莲遇到了影响他一生命运的音乐启蒙老师——一位美国随军牧师。这位军旅牧师教会马莲拉小提琴，并鼓励他长大以后从事音乐事业。马莲先生半生坎坷：他于 20 世纪 50 年代考入中央音乐学院，毕业后回云南工作，因家庭出身问题，下放到一所小学教书。退休以后，他重操祖业，开了一家专营珠宝玉器的商店。在为《国家地理杂志》的两位美国朋友挥毫赠书之后，马莲先生郑重地请求他们帮他寻找那位启蒙老师，说："如果他还在世，应该是九十多岁高龄的老人了。"

纵贯滇西的高速公路已经从大理直通保山，经常与老旧的滇缅公路平行或交叉，如母子之间的依恋。老路上的牛马羊群与新路上的豪华汽车有时会同时出现在视野之内，让我们一次次地感受着时空交错的情致。大理素来以苍山洱海名闻天下，如今更成了游览丽江古城与藏区中甸——"香格里拉"的门户，却很少有人还记得，这里也曾是滇缅公路上最大的物资集散地，抗战期间的辎重车辆来到大理的下关，就算回到了大后方，得以稍做休整，再驶往昆明、重庆。

由大理径直往东，经过楚雄，城镇愈发密集起来。空寂少车的滇缅公路居然成了各地驾驶学校训练司机的练习场，不时可以看到摇摇晃晃的教练车载着兴奋的年轻司机行驶在山间水湄，如同郊游一般。这大约是中国最壮丽的练车场，它训育出来的不仅仅是翻山越岭娴熟的车技，也许还在无形中给予了这些青年人难以言传的勇气与力量。

颠簸难行的老路在安宁市戛然而止，汇入通往昆明的高速公路。时光也随之切换到喧嚣拥挤的 21 世纪。两辆沾满了历史尘埃的越野汽车如同两只落伍的怪兽，腼腆地尾随着滚滚车流，驶入高楼林立的云南省会——昆明。

几年前刚刚重建起来的碧鸡金马牌坊在夕阳映照下闪着金色的光芒，似乎还可以看到欢庆抗战胜利的凯旋车队从牌坊底下缓缓行过，听得见喧天的锣鼓与狂热的欢呼。金碧辉煌的商场和写字楼环绕在它们的周围。在见证了百年历史的云南讲武堂院内，英语补习班红火地招募新丁；"昆明老照片"展览用清朝官员和贵妇的巨幅海报招揽看客；而曾经留下中国名将的汗水与脚印的操练跑道上，有一个青年还在默默地奔跑着。

透过西南方向如黛的群山，我依稀看到一条九曲十八盘的"搪石路"旋舞着伸向远方，通向我们一路行来的城镇与村寨，更在莽莽的热带丛林里插入缅甸、勾连印度，最终抵达蔚蓝色的印度洋。

在某个不起眼的小山坡上，七十五岁的陆少仓默默地坐在他亲手修建的道路旁，吸饱一口烟草，注视着他的十几头山羊从树丛间下来，收拾起捆好的柴枝、蓑衣和陪伴了他几十年的木壳砍刀，沿着脚下坚硬的滇缅公路回家了。

三　三千里上学记：重走西南联大迁校之路

　　烟花三月，正是湖南温润宜人的好时节。走出长沙火车站，一条笔直的大道通向远方高楼尽处的天际线。街头熙攘的人潮与喧腾的楼宇广告，彰显着这座湖湘首府的繁华气象。有一瞬间，我不知道该如何开启这道行程。

　　上路追寻七十年前一小群青年人负笈远行、千里求学的褪色梦想，似乎显得不合时宜，但回荡在历史深处的战火、歌声与脚步令我终于无可避退，唯有踏上这条落寞的远路。

　　1938 年初春，因侵华日军攻占平津而举校南渡的国立北京大学、清华大学与私立南开大学，在长沙合并为"长沙临时大学"才不过四个月，又逢时局恶化，战火蔓延至南方诸省，于是校方再作决议西迁至云南省会昆明。2 月 19 日，二百余师生从长沙启程，经湘、黔、滇三省，历时 68 天，全程 1671 公里（其中步行逾 1300 公里），最终抵达云南省会昆明。随着三校麾下各路人马陆续入滇（女生及体弱者多走海路赴越南，再经滇越铁路至昆明），一座在中国现代史上"刚毅坚卓"的大学——国立西南联合大学——遂建校于春城的翠湖之畔。此后岁月消磨，弦歌渐辍，不觉竟已是七十年前的往事了。

阳光煦暖，韭菜园路以东这墙警戒森严的大院落里，应该还有昔日"圣经学校"的一座老楼，三校南迁长沙之后，曾暂时栖身于此，并于 1937 年 11 月 1 日正式复课。然而开学伊始，借来的板凳还没有坐热，日军的战机便空袭长沙，这所流浪而来的"临时大学"注定命运多舛，仍要辗转他乡，另寻一方容得下安静书桌的净土。

韭菜园路已难觅七十年前"长沙临大"的丝毫踪影。狭窄的马路两侧是 20 世纪 80 年代的砖混住宅楼，贴着白瓷砖。沿街的铺面无非饭馆菜铺、发廊超市之属，殊无昔日学子云集的书卷气息，倒是路口报亭内张贴的期刊海报上，印着一幅马英九的竞选照片，让人想起这位台海健儿的母校台湾大学，其实也承继了西南联大的若干余泽：抗战胜利之初，北大傅斯年曾继蒋梦麟任联大常委，1949 年傅斯年赴台之后又执掌台大，而西南联大的自由学风在彼时彼岛彼校，其实更得以传承光大。

黄昏时分漫步于横贯橘子洲的湘江大桥，夕阳渐渐消沉在岳麓山背后，为这座道学名山勾勒出一轮流金的剪影。"恰同学少年，风华正茂，书生意气，挥斥方遒。"有位毕业于湖南第一师范的本省青年曾在橘子洲头独立寒秋，"问苍茫大地，谁主沉浮"。到抗战时，这位从长沙出发，辗转半个中国，终于在陕北延安站稳脚跟的共产党人——毛泽东，已经是中国最重要的政治军事领袖。

湖南自古便是藏龙卧虎、豪杰辈出的地界，所谓"唯楚有才，于斯为盛"，加之当时国难当头，战事迫近，不到一个学期的时间里，"长沙临大"竟有三百学子报名参军，奔赴抗日前线。对于以保存学术火种为己任的前辈学人而言，学生们投笔从戎的热情固然可嘉，但学术血脉的延续却更须珍重，因此无论湖南省主席张治中的执意挽留，还是部分学生反对迁校的联名请愿，都没能阻止学校主事者将目光投向中国更偏远的边陲省份——云南。

云南之于湖南，在地理与文化上的确差异悬殊。湖南自晚清以降，一直处于中国革命的漩涡中心，从曾国藩、谭嗣同至黄兴，个个将中华大地掀腾得如滚锅沸水一般。云南虽然也出过蔡锷这样的护国名将，终归与中原腹地山川远隔，不但政治上长期自行其是，民风也更为散漫淳朴。它又有滇越铁路接连海外，其时滇缅公路也正在兴建之中，国际交通反而较内地便捷。至于云南的民族与生物多样性，更是令学界赞叹的宝贵资源。因此，迁校昆明的主张即便以安全为首要之计，它所蕴藏的学术潜力也是多方面的。

"万里长征，辞却了五朝宫阙。暂驻足衡山湘水，又成离别。"我也从长沙启程，暂别衡山湘水，往湘西的边城行进。在长沙以西宁乡市的一座中学宿舍楼里，我见到了九十高龄的退休教师郭冠球。白发萧萧的郭先生满口湖南乡音，偶尔说两句英文，却是纯正的美

滇黔交界处的胜境坊

贵州镇远和平村

国腔调。西南联大 44 届外语系的郭先生在硝烟年代的昆明结识了许多美国飞行员。

学生们在东北军将领黄师岳领导下组成"湘黔滇旅行团",水陆兼行,用足十天工夫才从长沙抵达桃源县,我乘长途汽车走高速公路只花了大半天时间。在现代化运输工具的襄助下,远行不再是一桩令人筋疲力尽的苦差事,但行走在乡土之上的充实与笃定,却是当代旅行者日渐匮乏的体验,交通越便捷,感受往往越苍白浮浅,坐高级越野车而自命"文化苦旅",总让人不免齿寒。旅行团的学生们在脚打水泡的行走途中,不独瞩目于初春时节一望无际的油菜花田,更见证了农民在土地上辛勤的劳作,分享着他们的苦难与希望。

与学生同行的十一名教师中,既有诗人气质的闻一多教授,也有走遍江南漠北的地质学家袁复礼。"他主张记日记,并要科学地记载,"时为土木系二年级学生的杨式德在旅行日记中写道,"鼓励同学沿途多多考察,随处皆可有所获得,如山的高度,地名,地质构造,化石搜集,气候的记载都是有用的。"这番以科学精神为指引的研修之旅与古代士人的宦海浮游自然大相径庭,现代大学的理性光芒在艰苦的行程中照耀着学人的心灵。

桃源县境内有古来的名胜桃花源,典出晋人陶渊明的《桃花源记》,不独被前朝的文人们吟咏了上千年,也激发起西迁师生的思古幽情。我所见闻的桃源县城在风貌上无异于中国内地大多数小城镇:一条干道两侧并列着本县最堂皇的建筑——星级酒店、大型超市、银行以及政府机关,但楼宇样式总不离最庸常乏味的几种。"桃花源"

在中国古典中传承的幽深意趣，至少在县城里是无迹可寻。

搭乘开往茶庵铺去的短程巴士，过沅江西南行十余公里的山路，就到了桃花源风景区的牌楼前。霏霏春雨之下，县里正在张罗一年一度的"桃花节"，印有赞助商宣传广告的热气球悬在半空，大红充气拱门无处不在，还有巨型啤酒瓶圆滚滚地把在山门两侧，邀你"畅饮重庆啤酒，共赏桃花美景"。即便真有避世的秦人，见到这番佳节盛景，恐怕也早已扶老携幼，另觅洞天福地去了。

"湘黔滇旅行团"师生曾在半山腰上的"桃花观"留影，斑驳山门的台阶上留下他们七十年前灿烂的笑容。"秦时明月，洞口桃花"，正是他们曾经感怀的风景。武陵秦人或能在山林避难，但在日寇的铁蹄之下，哪里还会有什么世外桃源呢？"闻一多先生，诗人，今天走得特别起劲。"杨式德在旅行日记中写道，"来到桃源洞前，我见他穿着毛衣，一双破了的布鞋，大踏步和许骏斋先生同行。"闻一多在旅行之初便蓄须明志，誓言"不待抗战胜利日，决不剃须"，与闻一多同行，或许是不少学生在千里求学路上一粒笃实的定心丸。

时为助教兼旅行团辅导员的植物学家吴征镒，在《长征日记——由长沙到昆明》中说："桃花源……无疑问是假托的，中国人好古往往如此。"国人好古本非坏事，但经过半个多世纪的造化剥蚀以及三十年金玉其外的旅游开发之后，我所见到的桃花源又是另外一番光景。桃花观的山门还在，只是被刷得粉白一色。游人穿过门洞，就有道人劝你进香求签，或者摸一块刻有福字的石碑祈福——山间另有一方雕镂桃花的石板，据说摸上会交桃花运，于是更被游人抚弄得油光可鉴。这幢仿古建筑的侧门上挂了"马季纪念馆"的牌匾，一张喜气盈盈的团圆脸，取代了昔日"桃花源之父"陶渊明在此的影响。

从桃花源继续西行，经过茶庵铺、郑家驿、官庄等小镇（旅行团在泥泞难行的山路上，第一次体验到土匪环伺的惊恐），下一座大城便是沅陵。因为风雪阻路以及行李迟到，当年的"湘黔滇旅行团"在沅陵休整了一周左右的时间。团员们印象最深的是这里的"妇女任劳苦，善负重，多以竹篮负物，男子不及"。（吴征镒《长征日记》）此外更从与乡农的交谈中知其民生疾苦："乡民畏官如虎，不敢申诉，于此可见中国老百姓的驯善与吏治的腐败。"（经济系学生余道南《三校西迁日记》）正是在这天涯羁旅的点滴见闻中，原本稳坐书斋的学生们渐渐接通了个人与民族之间的血脉，"要为中华民族建立一种灵魂，soul，一种生气，vitality。"（杨式德《湘黔滇旅行日记》）

我在沅陵只停留了一顿饭的工夫，便转道吉首，去沈从文先生的故乡——凤凰稍做探访。凤凰因沈从文的小说《边城》得扬声名，近十多年成了湘西旅游的一面金字招牌。"近山的一面，城墙俨如一条长蛇，缘山爬去。临水的一面则在城外河边留出余地设码头，湾泊小小篷船。"（沈从文《边城》）沈先生身世坎坷，却最终成为大学教授，这在西南联大算不小的异数。

凤凰临水的城墙犹在，清澈的沱江两岸新修了不少吊脚楼，悬着一串串大红灯笼，都是开门纳客的旅舍和酒吧。古城内街衢纵横，老房子保存得却并不多。许多店铺售卖本地特产的姜糖。制糖人在门前用传统的机械把糖料扭出筋丝，再切成小段，装盒出售。名人故居，购票参观者众，可免费入内的天后宫，亦游客众多。无论如何，这个游人爆棚，酒吧音乐轰鸣到半夜的湘西边城，必定是出离了沈从文对故乡最狂野的想象。

旅行团行过湘西的时候，已经名满文坛的作家沈从文尚未在大学执教。他在"卢沟桥事变"之后随杨振声、朱光潜等教授从北平南迁至长沙，因为是湘西子弟，又自幼闯荡江湖，便担当了与沿途匪帮交涉行程安全的任务。湘西匪患之烈名满华夏，从常德至晃县，更是土匪帮派盘根错节的老巢。但因有沈从文的书信，更有学校当局不菲的一笔"买路钱"，"湘黔滇旅行团"一行倒没有遭遇太多的波折，甚至还有"绿林兄弟"们在远远的山岗上暗地里保护他们。在一种既兴奋刺激，又惴惴不安的旅行气氛中，这群手无寸铁的书生终于离开了湖南地界。

"湘黔滇旅行团"从沅陵乘汽车至晃县（今湖南新晃），随后便开始了他们横穿贵州的徒步旅程。途中，杨式德看到袁复礼先生西服革履，"手里提着斧头随时打击山石，加以考察。"他在日记中写道："闻一多先生来了，戴礼帽，穿中式浅色长衫，腰束黑带，斜插大烟袋，下面绑着腿，拿着手杖，充满了风尘仆仆的意味。"两位教授以苦为乐的行旅之姿，令人高山仰止。他们在玉屏县受到当地民众的热情迎接，县长特地张贴文告："对此振兴民族领导者——各大学生，务须爱护借重，将房屋腾让，打扫清洁，欢迎入内暂住。"而在镇远县召开的欢迎大会上，化学家曾昭抡先生还发表了关于国防工业的演讲。西南联大时代的学人兼通文理、学贯中西者众，这位曾国藩的曾侄孙才情奔逸，不但在化学领域卓有建树，还是学界有名的探险家，到云南之后陆续考察了滇缅公路与彝藏边区，有《缅边日记》与《大凉山夷区考察记》等书存世。

我从湖南怀化乘火车入黔，直接抵达镇远车站。镇远以青龙洞古迹著称省内外，近年来又仿照凤凰的模式，在舞阳河畔翻修了两列临水的老房子，设为客栈餐馆。3月或许还不到旅游的旺季，整座老城都显得颇为落寞。镇远在历史上便是朝廷边防要塞，明代军屯的痕迹至今还能通过苗疆长城的残墙与老宅门的徽式重檐得见端倪。临时大学的学生们在镇远县虽只逗留了一日，却发现鸦片是戕害贵州民众一张难以斩断的毒网，"黔东山多田少，生计艰难，农民多种植经济价值较高的鸦片以弥补不足，以致烟毒弥漫，害人害己"（余道南《三校西迁日记》）。今日贵州与云南各地虽然再无罂粟种植，但毒品的幽灵却并未烟消云散，在湘西至黔滇的一路上，仍不时可见政府禁毒的警示标语。

抗战时期，除了赴滇求学的青年们曾匆匆路过镇远，另有一群"异乡人"也在这里度过了一段不寻常的岁月。自1938年至1944年，六百余名日军战俘被拘管在国民政府军政部第二俘虏收容所——又被称作镇远"和平村"内。一些战俘幡然悔悟，成为"在华日本人民反战同盟"的成员，以赎他们在中国土地上犯下的战争罪行。

"和平村"旧址经过整葺，大体恢复了往日的原貌。进入高墙四围的院落里，营房蓝色的木门上写着"抗战到底"四个大字，远隔七十年时光散发出凛然的光焰。墙壁与图板上张贴着"和平村"在战争时期的照片与文字介绍，有日俘在此劳作、游戏以及参与反战活动的画面。那些定格在黑白影像中的历史瞬间，彰显了中国人"忠恕为本"的宽广襟怀，而这座舞阳河畔的黔东小城，也因此成为抗战历史上值得书写与回忆的一页篇章。

"绝徼移栽桢干质，九州遍洒黎元血。"旅行团途经施秉、黄平等县，很多人第一次与苗族有了亲身的接触。在炉山县（今凯里市），师生还与当地苗民举行了一场联欢会。盛装的苗族男女随芦笙起舞，学生们馈以小合唱和宣传抗战的短剧，随行的植物学家李继侗教授更与一名男校医跳了西方交谊舞。虽然都有些拘谨小心，但以平等的态度尊重弱小的民族同胞，或许正是这些暂时被褫夺了一切的文化青年们，在万水千山行过后最重要的一课。

贵州素有"公园省"之称，尤以黔东南风景最为殊胜。"朝阳自地平线升起，斜光笼罩墟落，夭桃带雨更觉娇艳动人。"我从镇远乘火车一路西行贵阳，在车窗前翻读余道南的《三校西迁日记》，"时闻苗歌在山间树丛中唱和，但又不见人影，'曲终人不见'，别有幽致。"列车虽不停地出没在黑暗的隧道里，但每一见天日，都会有养在深山人不识的秀美村庄令人目眩，便想跳下车厢，仿效先贤，一步步地走过这满目的青山绿水。

我与旅行团同在 3 月 31 日抵达贵阳。1938 年的贵阳与 2008 年的同一座城市其实很少相似之处，前者只有中华路与中山路两条大街，交叉处即是著名的"大十字"，街边的建筑大多是"带有柱廊的新近粉刷过的三层楼房，它们很多都是为了取悦蒋介石而新建起来的建筑物"。如今"大十字"周围的建筑换成钢筋混凝土的摩天大厦，蓝色顶棚的过街天桥环绕如一只巨大的轮胎。而昔日为学生们所津津乐道的地方小吃——"肠旺面""丝娃娃"，至今仍是贵阳大排挡、夜市上的主力军，至于茅台，却不再是穷学生们也能随便要几两尝尝的本地土酒了。

在北方三校西迁云南之前，上海大夏大学已经迁来贵阳，在贵阳讲武堂开学复课。同是天涯沦落人，"湘黔滇旅行团"一行受到大夏校方的热情款待，教室成了团员们的临时宿舍。与西南联大一样，这所避祸西迁的大学在贵州坚守了八年时光，为中国西南地区的文化建设做出了重要贡献。战后翌年，大夏大学东归上海，1951年与另两所私立大学合并为华东师范大学，然其西迁贵州的校史却渐渐涣灭不清，甚至贵阳本地人也很难讲清学校旧址的所在，不知究竟还有多少人知道大夏大学的史迹。

贵州作家余未人先生是我的忘年之交，但她的母亲江雪女士曾在昆明就读于西南联大，倒是这一回旅行到贵阳才获知的新故事。余先生将一张西南联大的毕业证书拿给我看：盖有张伯苓、梅贻琦和蒋梦麟三位联大"常委"印鉴的发黄纸页上，一位温婉的年轻女子目光清澈地憧憬她毕业之后的生活道路。从某种意义上说，这位师承费孝通、以《昆明宗教调查》论文毕业于西南联大社会学系的高材生，因各种原因而从没有机会施展她的专业才华，但即便在最艰难的"牛棚"岁月，即便积劳瘫痪卧床，她依然安之若素，"刚毅坚卓"的联大精神支撑她到生命的最后一息。

余未人先生住在贵阳一所医学院边上，正逢教育部的"高校教学评估"轮到该校，每日里旌旗招展，鼓乐喧天，誓要让本校的教学水平在评估组考核的日子里有一个质的飞跃。望着贴满"迎评促建，迎评保优"等大红标语的校园，余先生倏然叹了口气。

"湘黔滇旅行团"在贵阳休整了三天，继续向西南方向徒步行进。"山很低不过二三百米，一个个孤立着，像花朵似的，散布在这个仿佛平原的地方，很是好看。"（杨式德《湘黔滇旅行日记》）他们饶有兴致地游览了天台山，在寺院里看到据说是吴三桂留下的腰刀和笏板。两天后，千里行军的青年们来到了贵州第二大城市安顺。

安顺给旅行团成员留下的印象，一定比它在七十年后带给我的感受更为精彩。经济系学生余道南在《三校西迁日记》中描写了他所见到的市井风貌："安顺城内石板路整齐清洁，商店货物齐备，酒楼茶座，旅馆小吃店等一应俱全，房屋建筑高大，街上行人熙来攘往，繁荣景象大大超过沿途所经各县。"安顺是古牂牁国与夜郎国的首邑，历史较贵阳尤为悠久，但随着近几十年的建设，旧城几乎荡然无存，六百年历史的城墙据说还剩下不到五十米，倒是著名的安顺文庙尚在，保存了中国西南的一缕斯文余脉。

如今来安顺旅游的观光客，大多直接转去了黄果树瀑布或龙宫溶洞，偏安一隅的文庙显得略寂寞。"湘黔滇旅行团"的师生们当年曾留宿于此，他们好奇地欣赏这座雕梁画栋的孔子庙堂，不单对大成殿前的盘龙石柱啧啧称叹，更诧异于早已打倒了"孔家店"的民国时代，每年旧历八月廿七日孔子诞辰的时候，当地官绅还要举行祭孔典礼。这些在"五四"文化的新浪潮中成长起来的新青年，大多对尊孔尚儒的旧思想嗤之以鼻。

安顺停歇一日，旅行团的师生还趁机去南郊华严洞里转了一遭。"洞很大，高有二三丈，宽有三四丈，"杨式德在日记中写道，"洞壁有钟乳石，有的状如竿，有的状如降落伞。"黔西喀斯特地貌发育充分，钟乳溶洞比比皆是，华严洞也许算不上最精彩的一座（安顺以西镇宁县的火牛洞，就得了团员们更多的笔墨与赞美，据说闻一多还有"到镇宁不入火牛洞就意味着背叛"的宏论），但这孔深约三百米的山洞，在送走了偶然光顾的外省学生后不久，却意外迎来它更为重要的宾客：1939年初，从南京经长沙运至贵阳保存的八十大箱故宫文物因日军空袭省城，为国宝安全计，被送进华严洞中严加看护。这批文物在幽深的山洞中封存六载，直到1944年末日军战火威胁黔桂，才不得已再度迁离，运往四川巴县飞仙岩落脚。一年之内，中国的学术精英与文化瑰宝因着战乱漂泊，竟先后与安顺的一孔岩洞亲密接触，正所谓"国家不幸而华严有幸"。

从安顺再往黔滇交界的盘县行进，山势逐渐险恶起来。沿途的风景也不再明媚可人。已经在风雨中跋涉了一个半月的"湘黔滇旅行团"逐渐接近体力与意志的极限，烈日和大雨交错的天气让徒步行军的师生们吃不消，汽车托运的行李也因为山路蹉跎，总是跟不上旅人的步伐。"晚间因铺盖、炊具多耽搁在盘江东岸，同学一大群如逃荒者，饥寒疲惫，在县政府大堂上挨坐了一夜。"身为教师辅导团成员的吴征镒在其日记中描写夜宿安南（今晴隆县）的场景，"半夜里，有人同黄子坚先生侄公子口头冲突，几乎动武，县太爷披衣起来拉架。旅行'乐'事'趣'事，于此叹为观止。"

这段苦旅中唯一的乐事，是抗战前方传来台儿庄大捷的喜讯，鼓舞了这群流亡在深山腹地的爱国学生。"大家呼口号，唱救亡歌曲，开始了雨天泥地的夜间游行，从城内到城外。"杨式德写道，"我的布鞋和袜子全湿了，精神上却异常快乐。"

由于行程吃紧，我从安顺乘长途汽车至晴隆，又和另外几个乘客合资包下一辆小巴士，当夜便赶到了盘县城关镇。搭一辆乡村小巴一路辗转，在一个上山的岔口斜插上去，远远看到一座琉璃牌坊，就是在历史与地理上颇具传奇色彩的界分云贵两省的胜境坊。我眼前的牌坊据说是二十年前重新立起来的，但古人所谓"雨师好黔，风伯好滇"的谚语，在这座新古迹的木柱与石狮上也能看出端倪：朝向云南的一面风吹日晒，漆皮多有剥落，面对贵州的柱体和狮子身上却苔痕累累，潮气入骨。

从胜境坊底下的古驿道迤逦东行，不时能遇见赶着牛车的村民下田劳作，木车架上围着一圈篾条编织的草筐，其形制与夜郎汉砖上刻画的古代牛车几无二致。这想必也是当年西行至此的"湘黔滇旅行团"师生们曾经见过的中国图景。

远隔七十年的历史烟霾，我依稀看到一群青年人谈笑着走在这条蛮石道路上，身旁是满山遍野盛开的杜鹃花。他们原本纤弱的身躯早已强壮有力，翻得过人间最高的险峰；他们坚忍的目光不单绽放理想，更因行旅途中目睹的一切——苦难与幸福，绝望与希望——而愈发深沉。这些负笈三千里的求学者立在镌刻着"滇黔锁钥"的胜境坊下，欣然注视着云南的万里晴空。虽然依然还有漫长的道路等待着他们，但昆明，那座即将赋予他们庄严的学识、闪光的才智与勇锐抗争之精神的城市，就在四月的春光里等待着他们。

四　昆明的书声：西南联大的未央歌

　　从黔滇交界的胜境关到云南省会昆明，沿高速公路一路奔袭，不过是几个小时的行程。随着汽车逐渐陷入喧哗拥堵的交通乱阵，这座在中国现代史上传奇不绝的西南重镇再度拥我入怀，将她百年间最富文采的时光不经意地呈现出来。在过去十年间，我曾因种种缘由出没于这座城市，原本以为熟稔几如故乡的昆明换了副身形，却又似初见时的惊喜。一袭青衫映衬着当年明月，小巷幽深处，西南联大时代的旧事正可以慢慢道来。

　　和负笈三千里从长沙西迁至昆明的"湘黔滇旅行团"一样，我也在翠湖东岸的圆通公园结束了这段颠沛而难忘的旅程。正是樱花盛开的季节，圆通寺门前缤纷的花树鲜美动人，寺旁的公园里也尽是赏花与游春的散客。1938 年的 4 月 28 日，风尘仆仆的数百师生在圆通公园的山林间接受三校常委的检阅，并与先期经海路抵达昆明的教授、同学们一起，再度构建起一所生意盎然的大学。"国立西南联合大学"也正式成为这座学校不朽的名称。

云南师范大学位于昆明一二一大街路北，校门东翼的粉壁上有朱光亚先生题写的"中国历史名校——国立西南联合大学旧址"，另一厢校训中"刚毅坚卓"四个字，也是依循了西南联大的旧旨。七十年后，如果想在昆明寻找西南联大的余迹，云南师大这片校园算是最得时代风情的怀旧之地：一组联大师生促膝论学的青铜雕像散落在校门内的草地上，引得刚入学的新人争着凑到他们当中合影；三座纪念亭掩映在绿荫里，象征清华、北大与南开三所名校联合办学的空前（或许也是绝后）壮举。在教学主楼的东侧，一道牌坊式的石门象征性地隔开现实与历史的边界，甚至出入其中的女学生，有些都作民国少女白衫长裙的装束了。

"我们就是想看看蔺燕梅和童孝贤读书的地方。"两位从北方来的年轻人手捧一本厚厚的《未央歌》，探身张望着门内的风景。1945年，毕业于西南联大外文系的鹿桥（吴讷孙）写成这部以母校为背景的小说，用温婉的语词和情感回味他渐行渐远的大学时光。1959年该书在香港付梓刊印，此后数十年间都是港台与海外大学生钟爱的书，每每把自己的校园生活附会于《未央歌》里的种种情境。2008年初，这部小说终于在中国大陆出版，一度只在讨论知识分子命运时才浮出水面的西南联大，也因《未央歌》的一曲唱颂，从高山仰止的"先贤祠"柔化而为三千学子成长于斯——求知、求道甚至求爱——的青春苗圃，便有不少青年人循着书中指点的地名，在昆明城内静静地徜徉，感怀一场被岁月洗尽风华的校园往事。

"饱享自由的读书空气，起居弦诵于美丽的昆明及淳厚古朴的昆明人之中。"鹿桥在《未央歌》的前奏曲里为他的回忆铺陈底色。在他的描摹之下，西南联大简朴得有些潦倒的校园绿草如茵，池塘中的半岛上盛开着芬芳多情的野玫瑰。那些"有爱有怨，有笑有泪的日子"就这样在战火纷飞的时代背景下悄然流转。七十年后，云南师大的校园里，娇美多刺的野玫瑰虽已不见，草坪上坐卧的学生们三五成群，却依旧享受着昆明春日里煦暖的阳光。

当我们正年轻，五月风光令人迷醉。

你许愿你爱我，当我们年轻时。

——《未央歌》

刚从长沙启程时，在湖南宁乡县中学的一间老房里，我拜访了1944年毕业于西南联大外语系的郭冠球先生。年届九旬的老人眼含泪水，用英语轻唱这首美国电影《翠堤春晓》的插曲《当我们年轻时》。一年前，郭老的夫人——和他同为西南联大毕业生的欧阳澄女士以91岁高龄辞世。他们至死不渝的爱情正是萌发于20世纪40年代的昆明，在翠湖之畔，在南屏电影院，也在土坯为墙、茅草覆顶的西南联大校舍间。

1938年初春，郭冠球曾目送长沙临时大学师生西去云南，并于次年考入迁至陪都重庆的中央大学英语系。他自己也没有想到，命运之手会将他拂往昆明，先是为美国飞虎队做翻译，继而转学西南联大外语系，不单受教于吴宓、卞之琳、闻一多诸位大师，更认识了被同学们誉为"湖南明珠"的长沙女生欧阳澄。

"1944年，我们在昆明一间教堂里成婚，那时我刚从西南联大毕业，在美军招待所工作。抗战胜利后我们携手回长沙，一起在中学教书，风风雨雨六十多年，到今年终于只剩下我一个人。"郭先生送给我一本小书：《笑一笑》，是他和夫人近二十年翻译的外国幽默故事。勒口上印着两位老人的合影，容颜虽已苍老，青年时代在西南联大濡染的书卷气却沛然不减当年。"老伴在世时，我们曾回昆明看过。那座教堂还在，南屏电影院也在，就是《翠堤春晓》在电影院里恐怕再也看不到了。"

我们欢笑，我们忍泪，告别难分难离。
当春之歌重唱，那五月清晨常回忆。
别忘记旧情谊，当我们年轻时。
——《当我们年轻时》

《当我们年轻时》的旋律似乎仍在云南师大的校园里回响，虽然青春的面孔早已换了一茬又一茬。"国立西南联合大学"的花岗岩校坊内，并立着张伯苓、蒋梦麟与梅贻琦三位常委的半身像。清华校长梅贻琦曾以"所谓大学者，非谓有大楼之谓也，有大师之谓也"

的名言遗世，其实清华园内楼宇堂皇，直追欧美名校，在西南联大主持校务的九年岁月里，梅校长殚精竭虑，在茅屋土房里勠力经营，才为众多"大师"营造出安身立命的学术气场，也让历届联大学生箪食瓢饮，得其所哉。

身为北大校长十五年之久的蒋梦麟先生在其本校没有任何纪念物，倒是在遥远的西陲昆明有一尊铜像，让如我这样的北大后学千里之外赶来凭吊。在担任西南联大常委期间，蒋梦麟撰写了《西潮》一书，从个人的生命经验感怀中国自近代以来苦难与希望并存的变迁史，其中也有对西南联大自草创至巅峰时期的记述：

"1939 年 9 月间，联大规模再度扩充，学生人数已达三千人。联大过去十个月来新建造的百幢茅屋刚好容纳新增的学生。抗战结束时，我们共有五百左右的教授、助教和职员以及三千学生。"蒋梦麟在《西潮》的"大学逃难"一章中写道："多数学生是从沦陷区来的。他们往往不止穿越一道火线才能到达自由区，途中受尽艰难险阻，有的甚至在到达大后方以前就丧失了生命。"

在西南联大三位常委中，张伯苓先生年资最长，也最富传奇色彩。他凭一己之力将天津的一家私塾办成中国最有声望的私立南开大学，其麾下的南开学者群在当时堪与北平的北大、清华形成三足鼎立之势。三校西迁昆明之后，张伯苓虽转入政坛，常驻重庆国民参政会，但西南联大的连横之势也必得此公的关照才能畅行无阻。正是由于张、蒋、梅三位教育界大匠的气魄与风度，北大的自由民主、清华的刚健笃实以及南开的知行合一，都凝聚在西南联大的教学实践当中，合力而为一种卓绝的文化品质。甚至在抗战胜利，三校"复神京，还燕碣"之后，都无法再复制他们曾在昆明创造的学术奇迹。

云南师大校方在校园后院里复制了一间仿旧的茅屋，内置黑板桌椅，试图构拟西南联大师生"弦吹弦诵在山城"的教学图景，然而斯时气象恐怕只能在先贤的旧忆中略得些况味。曾就读于西南联大中文系的作家汪曾祺，在《谈师友》书中对联大往事多有温习，如谈中文系学风"民主、自由、开放"，体现北大精神更为充分；说闻一多讲"古代神话与传说"非常叫座："闻先生把自己在整张毛边纸上手绘的伏羲女娲图钉在黑板上，把相当烦琐的考证讲得有声有色。"他又说哲学家金岳霖应沈从文之邀，为中文系学生演讲"小说和哲学"，"不料金先生讲了半天，结论却是：小说和哲学没有关系。"

西南联大时代的学人轶事其实不仅限于课堂之上，彼时波谲云诡的战争形势、明争暗斗的国内时局、难以为继的稻粱谋，以及因躲避日军空袭而散落在昆明郊外的教授居所，都有让后人动容、失笑乃至伤怀的往事。物理系周培源教授在联大有"周大将军"的美名，原因是他豢有一匹骏马，每逢上课之日，便从西山脚下的乡村寓所纵马进城，虽为学者，却颇有几分武人的威仪。周氏故居在碧鸡镇龙门村，据说旧宅尚存。

我租一辆汽车从昆明城中出发，沿滇池朝西南方向一路寻觅，花费大半个时辰，才在一片空寂的村庄里找到这幢被锁在围墙内的老房子。院落是当地渔政管理所的办公地点，门外有"周培源故居"

的介绍文字以及"昆明西山区文物保护单位"的黑色标牌。有人见我头顶烈日远道而来，就打开铁栅门，让我走进院子里，上下端详这座中西合璧的小楼：花岗岩拱门的两侧，有一副小篆体的石刻楹联，字迹颇为涣漫，二层则是棕红色的木墙，嵌着两扇清亮的玻璃窗。遥想当年周培源先生与妻儿、学生"冠者五六人，童子六七人，浴乎滇池，风乎舞雩，咏而归"的山水情致，不觉悠然神往。

"这间房子前些年已经坍塌了，后来是我们把它重新翻修，还住了些员工在里面。"渔政所的人没有允许我进到楼里，说它现在是单位宿舍，不方便待客，"老房一定要有人居住，人气若是缺了，再好的房子也立不长久。"我揣摩着这番话的意味，搭车回到昆明城内。

云南师大门外，隔一条马路便是茶馆和饭铺林立的文林街、青云街和文化巷，西南联大师生都喜在此读书饮茶，切磋学问。"茶馆的客人们包括种种人物，有不少学生。可是大多数的茶客是镇民、马车夫和由远处来的商人们。大家都高谈阔论，而我们通常是声音最大的。"杨振宁先生在《现代物理和热情的友谊》文中，追忆他在联大求学时的茶馆风貌，"我们的生活是十分简单的，喝茶时加一盘花生米已经是一种奢侈的享受。可是我们并不觉得苦楚；我们没有更多物质上的追求与欲望。我们也不觉得颓丧；我们有着获得知识的满足与快慰。"

今天的文化巷仍然依傍在云南大学与云南师大两所高校之间，年轻且衣着时尚的学生们穿行在这条洒满阳光的巷子里，风景却和从前大不相同。殷勤而廉价的茶馆早已灭绝无踪，倒是新潮的酒吧、餐馆鳞次栉比，一家比一家透着新新人类的小资情调。在文化巷内的"自由自在靓菜馆"就座，服务员麻利地递上菜单，除了滇味家常菜之外，上面还有几道特色主食："一多烩饭""公仆炒饭"和"思诚煲仔饭"，都是以西南联大时期的文化名人做招牌。当年吴宓教授因为文化巷里开了一家卖湘菜的"潇湘馆"，找上门去斥责店主"亵渎了林妹妹"，若他地下有知：联大众多老友同人全都上了菜谱，恐怕更会痛心疾首，大呼斯文扫地。

"一多烩饭？"等待下单的服务员皱了皱眉，试图解释这个印在餐单上的古怪菜名，"就是说我们烩饭的量很多喽！'公仆炒饭'嘛，当然是指公务员们最喜欢吃的饭。"

同样是借故人名声享饕餮之乐的食肆，位于昆明北门街 68 号的"马帮菜馆"正是李公朴先生当年经营的"北门书屋"旧址。昔日的书店被布置成滇西大车店的风格，玻璃餐桌配着马鞍式的皮凳子，打扮成牛仔模样的男女服务生端着深盆大碗在厅堂里来回穿行，豪迈倒是足够了，却独缺老派学人坐而论道、秉烛夜读的书卷气。

"北门书屋"曾是云南商人李琢庵的私邸，1942 年，"七君子"之一的李公朴从北方前线抵达昆明之后，获赠此宅，开办书店与出版社，宣传其反对一党独裁、民主救国的主张。闻一多、楚图南、曾昭抡、吴晗、潘光旦等西南联大名教授，也常在这座雅致的小楼里探讨学问与国事，这里还是他们当中不少人临时周转的寓所。正所谓"风流总被，雨打风吹去"，今日觥筹交错的马帮菜馆除了附赠的纸巾盒上印有"北门书屋"的简介，其他一切似乎都与李公朴等人的历史行迹再无瓜葛。昆明一家本地报纸曾刊登《北门书屋：炊烟掩书香》一文，质疑生意兴隆的餐馆究竟能为历史凭吊者唤回怎样的记忆："昆滇大地当年沉积了厚重的爱国文化，时过一个花甲子，当年的'本真'却没了……北门书屋，本不应成为酒肆。"

李公朴遇难处位于圆通街一座高档小区的门口，灰色石碑嵌在红色的陶瓷龛位里，和周遭景物颇有些不协调。紧随李公仆遇刺的闻一多先生殉难处，则在一条名为"西仓坡"的林荫深巷内。云南师大幼儿园（即昔日西南联大教职员宿舍旧址）门口有一方纪念碑，旁边是一座形制粗糙的彩绘亭子。亭后的土墙据说仍是当年旧物，白色粉壁上绘有闻一多的画像，青袍长髯，是他著名的侧身衔烟斗照片的摹本。作为西南联大一面火红的旗帜，闻一多生前多诗意传奇，多慷慨悲歌，他悲壮的牺牲更令其名垂青史，从某种意义上说，甚至影响到抗战之后国共两党在中国知识界的人心向背。而这时的西南联大，已经如一个巨人的背影，渐渐消逝在历史的烟云中了。

"丰博的学识、闪光的才智、庄严无畏的独立思想，这一切又与耿介不阿的人格操守以及勇锐的抗争精神相结合，构成了一种特殊的精神魅力。民主与科学已经成为这块圣地不朽的魂灵。"北大中文系谢冕教授曾在《精神的魅力》一书中，深情地赞美他的母校北京大学。这番礼赞同样——或者更为贴切地——应该镌刻在西南联大的纪念碑上。不仅仅是因为这两所大学之间有无法割舍的血脉关系，更因为西南联大在中华民族救亡图存的紧要时刻，担当起一所大学最崇高的使命：让文明的火种在黑暗的年代里传承不绝。正如西南联大校歌所咏唱的那样："千秋耻，终当雪，中兴业，需人杰。便一成三户，壮怀难折。"一个时代、几代学人所凝聚的人文风骨，成了令后世高山仰止的绝世楷模。

再次来到云南师大的后院已是清明节的晌午，湛蓝的天空之下，很多年轻人站在校园尽头的"一二·一"烈士墓前，祭奠六十三年前为民主牺牲的四名殉难者：南菁中学教师于再，西南联大师院学生潘琰、李鲁连和昆华工校学生张华昌。他们都是在"一二·一"惨案中因军统特务袭击联大校舍而蒙难的热血青年。清风呜咽地拂过林梢，将纪念碑前的花圈吹得瑟索有声。一位老人孤独地立在张华昌烈士的墓前，吃力地将一张白色的挽联铺在水泥修砌的墓台上，再摆好两束鲜花、几枚水果，又将一瓶白酒倾洒在地上，最后深深地鞠了三个躬。

"英年早逝实堪哀，心碎魂断思亲人。今年清明胞兄祭，往后祭扫知谁人。"老人见我肃立在他的身旁，便轻轻念出挽联上的词句，告诉我他是张华昌的哥哥张德昌。每年清明时节，他都会来到这座坟前，看望这位少年夭折的兄弟。

"您放心，年年都有人为他们扫墓，以后来这里拜谒英灵的人也会越来越多。"身边一个穿着民国学生裙装的女生搀扶着老人，离开了这片曾经浴血的民主圣地。在他的身后，"一二·一"运动纪念碑上雕刻的自由女神在青年们的簇拥下，依然散发着不灭的光芒。

"我们一定要继承革命先烈的遗志，以'三个代表'为准则、贯彻科学发展观，努力学习……"扫墓的学生们整齐高亢的宣誓声渐渐离我远去。我最后一次站在云南师大"国立西南联合大学纪念碑"前，映入眼帘的依然是冯友兰先生那篇挺拔俊朗的辞章："联合大学以其兼容并包之精神，转移社会一时之风气，内树学术自由之规模，外来'民主堡垒'之称号，违千夫之诺诺，作一士之谔谔。"我知道，这所大学虽曾湮没在历史的尘埃中，但它的生机却从未彻底根绝。终有一日，西南联大的血脉将再度偾张跃动，带着自由的潮声与书声，带着几代学人的光荣与梦想，成为中国青年洗礼灵魂的精神殿堂——这首起兴于翠湖之畔的西南联大"未央歌"，或许永远也不会终结。

五 高黎贡山：苍凉的凝视

傈僳族老猎人目光炯炯地瞪着我，蹑足弯腰，手中执着快要老朽的弓弩，仿佛一只受伤的老熊正在我面前绝望地挣扎。恐惧！我忽然从灵魂的最深处发出一声嘶吼，这声音或许只有他一个人能够听到，老猎人骤然回复了颓然木讷的表情，将这件早已荒弃的武器连同它的整个时代丢弃到一旁，重又蹲回他破旧的茅草屋边，凝视着我们这群骤然闯入的陌生人。

这一瞬间，我顿然领悟了身后那座高黎贡山的一切秘密：一如我们所栖居的这颗蓝色星球，高黎贡山早已不再是它自身命运的决定者。它曾经如此高傲地统领过脚下的芸芸众生，如今却如一个寡然无助的老人，任由它昔日的子民，将"保护"与"诊察"关照在它驯良的身躯之上。我终于无法承受这份苍凉的凝视，在金色黄昏的回光返照里离开这座山间的傈僳族村落，投向一份可以放纵呼吸与希望的记忆当中。

秃杉·天台的道情

松下问童子，言师采药去。只在此山中，云深不知处。

——贾岛《寻隐者不遇》

云南腾冲有一座天台山，属于高黎贡山的余脉。和佛教禅门"天台宗"开山立派的那座浙江名山不同，在腾冲天台山上修炼的是一位全真派道士。20世纪初叶，这位道士的师祖高云道长曾经做过一件让中国植物学界赞叹不已的大事：他几乎全是凭着个人的痴迷与气力，将一种行将在地球上绝灭了的古老树种——秃杉（Taiwania Flousiana），在自家道观门外的数十亩山地上栽种得遍地都是。百年飞度，如今天台山麓的秃杉林不独以每公顷两千七百立方米的活立木蓄积量位居全球之冠，更将它繁茂多姿的子孙后代源源不断地移民到七省八乡，以区区一人的力量而令濒危的嘉木回春，贵生、齐物，道家的真意或许正在这里。

界头乡的护林员朱家雄像一个傈僳族老猎人那样，将背包带子从额头勒至脑后，腾出双手悠闲地往天台山上走着（附带说一句，他是大明滇王的嫡系后代，据说有绘着朱元璋绣像的家谱为证），而我这个只会坐在汽车里指点江山的"口头探险家"，一边喘着如牛的粗气，一边笨拙地跟着他在山间小道上迤逦前行。六十一年前，敌寇自缅甸北犯云南，腾冲县城亦曾陷落敌手。当时的抗战县政府便据守在界头山区，抗衡日军达两年之久，不独拦阻了敌酋沿马帮故道偷袭保山的战策，而且也保住了高云道人辛劳栽种的那百十亩秃杉。

在天台山的半坡上回望云气氤氲的腾冲坝子，一股历史的肃杀之气扑面而来。无以计数的在战乱中殒殁的灵魂，仿佛每日里都随着莽莽山林逸出的云泽雾霭，飘忽徜徉在天地之间。国殇浩荡，山水有灵。在树的记忆里，每每纠结着人世的悲欢，即便是人们不堪回首苍凉历史，树却总在它们年轮的动脉上，深深地刺下濡血的一痕。

曾经躲过战火劫难的高黎贡山，如今又在艰难地抵抗着另一场没有硝烟的侵略战争。这回的敌寇并非人类，而是一种名为"紫茎泽兰"的外来植物。这种原生于中美洲的灌丛野草，近十年来疯狂地蔓延在中国四川、广西、云南各省，用它惊人的繁殖力与旺盛的战斗力强占了许多本土植物的生长空间。素有"生物多样性王国"之称的高黎贡山区，如今也成了这"绿色沙漠"企图并吞的疆土。我们在天台山的每一面山坡上，都见得到"紫茎泽兰"森森的绿海，在阳光下泛着淡紫色的光泽，令人不禁要打几个冷战。

"这'飞机草'（当地人对紫茎泽兰的俗称）耗肥力，抢日头，牛马吃了会中毒，花粉吸到牲口的肺里还闹哮喘。"朱家雄无奈地拔起一株，掐成几截给我们看，"就算是连根拔了、斩了丢在地上，只要稍有些潮气，连这些草秆都会重新发芽。"没有人说得清这毒草是怎么传过来的，只记得十几年前滇西大地还未见其踪影，但今天满山遍野到处是它们狰狞的面孔。"只能靠种树！"老朱师傅伸手指向眼前黑压压的一片林海，"有秃杉林在上面顶着，'飞机草'的种子就落不了地，即便有那么三枝两丛，也成不了多大的气候。"

秃杉林的确是一片风水宝地。在"紫茎泽兰"沼泽般的浓绿中躁动不安的心境，一瞬间便清静下来。阳光撕成金缕，洒进林间的空地上；山雀的几声随口哼唱，就画出一幅归隐者的家园。身姿挺秀的秃杉（虽说这么称呼，但我始终也没能看出它们秃在何处）宛若临阵的罗马武士，队列森严，持矛荷戟地抵抗着来势凶猛的蛮族——紫茎泽兰如潮水一般的进犯。而就在这山林的腹心地带，两间简朴的木屋安静地歇息在一道水声潺潺的清溪之畔，这便是高云道人一百年前开辟的道场：天台观的下院。

房门虚掩着。朱家雄推门进去张望了一眼，又转回身说道："道人恐怕是不在家。灶塘的灰都是冷的。"这倒并不出乎我的意料：在所有和"求仙访道"有关的故事里，得道的高人们不会守着家门，巴巴地等你来喝茶扯淡——正所谓"只在此山中，云深不知处"才是仙家的境界。于是我们也就放下心神，在这份隐逸清幽的气氛中安享一分修行者的喜乐。

火塘里重又点燃了柴草，松脂的气息弥漫着小小的斋房。香案上一幅全真派祖师王重阳的画像仿佛也缥缈起来，真怕他借着烟雾飞赴百里开外的大理，找老朋友"段皇爷"去谈功论剑。朱师傅从屋角瓦罐里舀出一碗米，稍做淘洗，就开始在火塘上埋锅造饭。"天台山上的规矩是：谁都可以拿道观里的米面充饥。"他一边用刀子剁几粒鲜红的干辣椒，放在火上吱吱地烧着，一边说，"但哪怕是一粒盐巴也不能从这里带走。"他仰头微微一笑："神佛眼皮下的东西，谁人敢乱拿？"

就着几片烧辣椒吃了一大碗白饭，虽说"吃饭也是修行"，我还是决定把隐居山林的理想再搁置几年。庙堂木屋的外壁之上，被那位不知名的道人用浓墨画了几幅稚拙的山水，想必是他心驰神往的瑶池仙境。

在晌午的阳光下，秃杉林如同一座彼岸世界的边城，模糊着现实与灵境的界线。一块爬满苍苔的石碑记述了它们如何被一双逐渐苍老的大手呵护成长，直到某个清晨或黑夜，这双大手终于松开了锄柄，放飞了生命。但人道与天道，却由这些余存植树者体温的年轻杉树默默地传承与记忆。当千年以后它们慢慢老去，一首关于"天台山道士"的天籁仍将随着鸟语风声，在苍莽的高黎贡山轻轻传唱。

"那边就是高云道人的坟墓。"护林人朱家雄指着远处溪流交汇的一角坡地，"想去看一看吗？"

算了吧。我宁可相信这手植了莽莽山林的老道士其实早已得道飞天——"浩浩乎凭虚御空，而不知其所止，飘飘乎遗世独立，羽化而登仙"。谁晓得那坟茔里埋葬的只是一支竹杖，还是一双磨破的草鞋？就在不经意的举目之间，仿佛一位衣袂飘飘的老道人荷着锄头，正走在杉林的最深处。

银杏·白果子孙长长在

就在那个小村里 / 穿着银杏树的服装 / 有一个人，是我……
……村子里有树叶飞舞 / 我们有一块空地 / 不去问命运知道的事情
——顾城《就在那个小村里》

"你家姓朱？了不起啊！" 94 岁的王玉珍老奶奶坐在她家门口两棵千年的古银杏树下，一边用塑料线搓编着牵牛的绳索，一边笑眯眯地看着我这个远来的后生，"朱家天子长长在！" 她挑起双手的大拇指，赞美我这几百年前明朝"国姓"的伟大。

明末崇祯殉国、清兵入滇以后，曾经在昆明偏安两载的南明永历帝朱由榔奔逃腾越，流徙掸邦。虽然最终命丧于叛臣吴三桂的手上，但一种名为"大救驾"的民间美食与前明遗老对"朱家天子"的怀念，却悄然散落在滇西广袤的乡村大地。

王奶奶家边的古银杏树想必见证过失国的"朱家天子"亡命天涯的背影，或许还曾用它累累的白果滋养过落难君臣们辘辘的饥肠。其实早在明初洪武年间，当第一批汉家的移民漂泊至此时，这两棵顶天立地的白果树就早已经守望于斯，成为他们乡愁的寄托与家园的图腾，而"白果村"这个小小的村名，也从此在腾冲乡里口口相传了六百多年。

一雌一雄这两株银杏古树，如一对千年厮守的老夫妻，历尽沧桑又与世无争。与盈江刀弄山上那棵森然独处的榕树王不同，它们宽和地与脚下这些蜉蝣一般朝生暮死的生灵为伴：马帮曾在此歇息过行脚，驿卒又何尝没有享受过荫凉？寒鸦在树顶结巢落户，老朽空蚀的树洞里，甚至还圈养过鹅鸭与牛羊。而十里八乡的农人则景仰它们万古长青的寿数，纷纷牵来自家的娃娃，跪倒在树底下三拜九叩地认"干爹"。千百年来，不知有多少老白果家的"树荣""树茂""树英""树芳"在人世间绽放与凋零，他们与这老树亲眷一道，构成了宇宙间最为绚烂而又奔流不息的生命史诗。

老白果树一定是预知了我们的行程，于是用一场小小的"事故"将我们截留在它家的门口。自北而南万里飞驰无事故的越野汽车，忽然没来由地拐进了田边的水沟里，而担着扁担、扛着房梁、开着拖拉机赶来帮忙的农人，竟全都是它"白果村"的子民。

我们在金澄澄的太阳底下一起卖力地扳着撬杠，从老远的田垄拖来乱石垫入车轮的空隙，却总是无法撼动这汽车的分毫。就在不远处的村头，白果树好笑地注视着我们徒劳的忙碌，许是一声簌簌的轻咳，两吨重的车子在众人的欢笑声里稳稳地抬出了沟渠，走上通向它们浓荫脚下的康庄大道。

从十四岁时嫁到这户大树底下的人家，八十年就这么悄悄地过去，王玉珍坐在自家门外的树荫里，不知纺成了多少尺粗布，缝补过多少件衣衫。娃娃们从摇篮里哭闹的婴儿转眼就长大成人，杨花飞蓬似的散落在四方，曾在一起说笑私语的姐妹们却再也见不到一个；膝下这个流鼻涕的娃儿都已是她的小重孙子，可王奶奶觉得自己年轻依旧——还是和八十年前一样，在晌午暖洋洋的太阳底下，守着一席黄灿灿的苞谷，头顶上是两棵根深叶茂的老白果树。而在树的记忆里，这个新来的小媳妇才刚刚过门几天啊？！

白果村以南三十公里的江苴古镇，曾经是"西南丝绸之路"翻越高黎贡山之后的第一个驿站。自明清以降，南来北往的马帮商队朝暮不绝，赋予这蕞尔小镇浓浓的烟火气。只是近半个世纪以来，担茶赶马、四方行脚的客商渐渐从历史的画幅里绝迹，"远芳侵古道，晴翠接荒城"，江苴也终于落寞萧条，成了历史巨人腹中一根纤细的盲肠。

我们蓦然闯入这条"盲肠"的末梢，似乎一脚蹚进了尘封已久的往昔岁月，眼前这些古旧的木楼、青石铺就的马道、牵着毛驴低头走路的脚夫、用树枝赶着小猪娃满街飞跑的农妇，与我们谙熟的现代生活没有丝毫相似之处。更不要说安坐在门前享受阳光的老者与摆在窗台上售卖的"寿鞋"了。这镇子虽说活生生地包围在我的四周，但我却总觉得它更像是一堂老电影的布景，让人不由得总想绕到它的背后去看一看。

用五分钟的时间走通了镇子的两端，我向街边几个闲人有一搭没一搭地打问着江苴的故事。小镇旧式的高脚楼分作上下两层，底楼高一丈二，用作商家铺面，上层高六尺，供主人家或是客商居住。这些当街的木房子不知曾迎送过多少支商队，又有多少江苴的青年人背起行囊，追随着马帮的铃声，踏上一条艰险而又激动人心的未知旅程。

在一座显然是阔绰过的人家门口，三五个小娃娃向一位卖杂货的奶奶买了几粒糖果，一溜烟地跑进另一扇院门里，我也好奇地跟随进去。庭院当中，一位年轻的女子坐在阳光底下读书，见我进来，微笑地打个招呼。这里是江苴的小学校，我这才感到自己正活泼泼地置身于 21 世纪某个秋天的下午。

曲老师是二年级二班的班主任，青春而且大方。她放下手中的书卷，邀请我这个冒失的闯入者坐下来喝茶。没有任何拒绝的理由，我甚至招呼同行的人一起来品味这杯美好的下午茶。江苴小学是方圆数十里几个村镇中最正规的一所完全小学，大约有十余名教师，教着上百个学生。不一会儿，满头白发的校长朱先生也被我们这群不速之客吸引过来——"朱家天子长长在呵！"我笑着将白果村王奶奶的这句戏文原话奉回给腾冲人民——他非但没有将我们咄出门去，反而兴致盎然地与我们倾谈着江苴小镇的前世今生：那些曾经的繁华与如今的寂寞，都不如孩子们脸上的笑靥一般真切动人。

铃声响了，曲老师要去给班里的孩子们上自然课，我们躲在教室的木格窗外，听她嗓音清亮地讲着高黎贡山的故事：

"很久以前，有一位景颇族的老爷爷给这座山取了'高黎贡'这个动听的名字。"曲老师把这三个字写在黑板上，"高黎贡山上有好多种珍贵的动物和植物。同学们想想看，我们该怎样去保护它们呢？"孩子们欢声雷动地举手抢答问题，虽然这问题连世界上顶级的科学家也未必能回答清楚——但还有谁比这些稚气的娃娃更能支撑我们的未来？我忽然从心底涌上一阵深深的感动：江苴的孩子们拥有的何止是一座停滞在历史深处的边城小镇，他们拥有的是一整座活生生的高黎贡山。

每一回偶然的遭遇都有命运撩拨的指纹。这一次我显然来对了地方。

野山·独龙江的寂寞

一定要把独龙江保护好！

——朱靖江·孔当村"三和园"客栈留言簿

曾经漂流过长江和雅鲁藏布江的探险狂人兼地质专家杨勇，第二次踏上了他通往独龙江的旅程。他上一回去还是在六年以前，他用将近四天的时间从贡山县城徒步走到独龙江边的孔当村。这次好歹有了一条能通汽车的公路和一辆还算结实的越野吉普，有"亡命徒"之称的杨勇当仁不让地成为我们独龙江一行的司机与向导。

其实也无所谓"向导"可言，因为这一百多公里的山路连一个分岔的道口都没有，但道路的艰险与坎坷却几乎超越了此次旅程的极限。十多天来和我们左盘右绕、神龙见首不见尾的高黎贡山终于不再吝啬它绝世的美色，将一幅幅大山大水的雄浑风景袒露在我们面前。曾经因为山高路远而难觅芳踪的大树杜鹃，在此间比比皆是；

曾经引发我们哗然赞叹的参天古木，则完全湮没在同侪的矩阵中，"泯然众人矣"。树是这鸿蒙山野中唯一的主宰，它们不是滚滚红尘中孤独的异类，而是浩浩荡荡地组成了生命的汪洋大海，在它们的面前，人终于恢复了其在自然序列里本应归位的渺小与谦卑。

一百年前，当英国人乔治·福瑞斯特在腾冲境内的高黎贡山上发出狂热的嘶鸣时，他所见到的，想必也正是这样一座超乎尘世的绿色天堂。在将近三十年的"采花生涯"中，被称作"植物猎人"的老福瑞斯特为大英博物馆贡献了十多万件高黎贡山的草木标本，让这座地处中国西南边陲的蛮荒野山成为举世瞩目的物种基因宝库。1992年，世界自然基金会更将高黎贡山列为"具有全球重要意义的A级保护区"，以昭示其绝顶的风姿。但百年沧桑巨变，战乱与垦殖早已涤荡了腾冲一线的苍莽林海，唯一延续着数百乃至上千年原始生态样貌的高黎贡山麓，似乎就只有独龙江一岸了。毕竟世代生息于此的独龙族刚刚摆脱了刀耕火种，而有可能让这造化的珍宝毁掉的现代文明才刚开始渗透进来——或许正沿着我们车轮下面这条坎坷不平的盘山公路而来。

我无意诋毁这条埋葬了许多无名筑路者尸骨的独龙江公路，国防的安全、民生的诉求、资源的勘探以及种种无可争议的正当理由，都在召唤这条道路的历史性修筑。但独龙江——高黎贡山系的最后一片处女地无疑已难于坚守她生态的贞操：沿途枯萎倒伏的树木，大多是被开山的炸药轰折了筋骨，又或者是被迸裂的碎石斩断了根脉。据说单是"隆隆"的爆炸声，就足以令不少没见过世面的"乡巴树"一命呜呼。那些挺立了千百年的古树，就这么凄惶无助地了断了一生。

这仍是一条尚未完工的道路，沿途简陋的塑料帐篷里还栖息着不少的民工兄弟，继续用他们的血汗建功立业。据说再过一年，铺好了柏油的光鲜路面就能把满载游客的旅行车川流不息地带来这片"中国最后的秘境"，而这条公路的终点——独龙江畔的孔当村，早已经迫不及待地等待着这一天的到来。

独龙江乡政府的工作人员站在孔当村的坝子上迎候着我们，随即意识到自己怕是接错人了。大致在我们到达孔当村的同一时段，还应有几位西南师大的教师和县领导一起，来这里参加一项村民培训的开学典礼——而我们走在了他们前面。好客的和书记还是把我们请到他开办的"三和园"客栈里休息，在说明来意之后，一顿本来"比较难办"的晚餐也由乡政府临时解决了。

孔当村由十几座木板房组成，搭建在独龙江边的沙地上，老旧的原木质地，淡泊宁静，像是从泥土中生长出来的一圈蘑菇。就在这小小村落的斜上方，一座漆成粉红色的四层水泥楼房像一个悍然的妇人，面目狰狞地挑战我的视觉神经。这就是独龙江公路带给我们的第一项旅游成果：由某位老板投资兴建的"独龙江豪华饭店"。虽然我总不惮以最绝望的心理准备来承受"老板"们恶俗的审美情趣，但这些"暗黑破坏神"却总能用他们惊人的无知与狂妄毁灭大自然的任何一线美丽生机。

在夕阳的回光返照下，我似乎望见了若干年后独龙江畔林立的瓷砖小楼，以及歌厅、舞厅、台球、烧烤等一系列"具有中国特色"的旅游产业。是的，从大理到丽江，从丙中洛到香格里拉，这一系列充满金色魅力的"旅游天堂"正是独龙江的明日之梦，在这个旅游收入编织的梦幻里，自然只是一种廉价的消费品，而树的声音也许可以忽略不计。

第二天一早，乡政府工作人员盛情邀请我们到不远处的另一座山寨去拜访两位纹面的老人——这可是独龙族最具代表性的旧俗，只有50岁以上的妇女才有此宛在遗风。我们在寨门口刚好遇见其中的一位，背着筐子去自家的谷仓里取食苞谷。面孔上蓝色的斑点与网纹，似乎传达着这里的族人千百年来艰苦求生的生存信念。我们尾随她走进村寨，看她和另一位更年长的纹面女子一起，用木棒和石臼将苞谷粒慢慢地舂碎。娃娃们躲在门边偷偷地笑着：这两年，村里的陌生人是愈见愈多了，不知为什么，奶奶总是在他们来的时候舂这些苞谷茬茬。

不远的将来，乡政府工作人员兴奋地说，"纹面女"也将成为独龙江一张"精心打造的旅游名片"，吸引那些时尚旅游家们，深入这片神秘的高山峻岭，体验此间"不可再生"的民族风情。在她们的暮年，这些操劳一生的独龙族妇女又重新担当起一个民族"引资致富"的使命，用最后一点祖先记忆的刻痕，去赢取子孙生存与发展的朦胧希望。

杨勇神情忧郁地坐在"三和园"客栈的门廊里，在一本厚厚的留言簿上书写他时光不再的无奈与感伤。六年以前，当他背着行囊徒步走进这峡谷深处的寨子时，曾满怀回家的喜悦，推开某位独龙族乡亲的房门，用一碗苞米稀饭把自己灌饱，再酣然睡卧在温暖的火塘边。而今，眼前这个到处搅拌着水泥和沙子的孔当村，这个随时准备应着游客的相机快门敲响木鼓、跳起神圣独龙舞的山寨，这个精心地筹备着停车场与加油站的未来风景点，已不是杨勇千里投奔，将灵魂归宿或游牧的地方。

六　三江并流：树的记忆与旅程

在远方，苍莽的群山与奔流的清江之畔，那些虬然挺拔的老树如同暮年时代的王者，澹然注视着千百年来沧桑变迁的滇西大地。而我们这些谦卑的行路人，这些如浮萍般浪迹于尘世旅程的匆匆过客，在每一棵历尽劫波的树影之下，或许都应稍许停住脚步，去默默礼赞这斑驳而粗野的枝干，这护佑一方水土的不灭灵魂。

——题记

榕王·盈江的暮色

今子有大树，患其无用，何不树之于无何有之乡，广莫之野，彷徨乎无为其侧，逍遥乎寝卧其下。

——庄子《逍遥游》

　　一股温润的气息包围着我的神经末梢，仿佛是从二十世纪六十年代吹来的微风，撩拨起棕黄色调的怀旧思绪。这是自云南大盈江畔开启的一回旅程，不知从何种记忆里泛起的一缕乡愁，令这条陌生的道路恍如曾经午夜徘徊的旧梦：素朴的流水与农田，肩扛锄头行走在碎石路上的农人，偶尔从身边一掠而过的老式摩托，以及在水塘边耳鬓厮磨的水牛与白鹭。我们的越野车如同穿越时光隧道的精灵，在中国最西南的边疆一隅舒展滑翔。那些曾暗藏于心灵深处的欣喜与陶醉，也在傍晚澄澈的夕阳光影下悄然绽放。

　　盈江是云南德宏州下一个不起眼的小县，偏安于瑞丽与腾冲两座繁华的闹市之间。既不当"滇缅公路"或"茶马古道"的要冲，也没有人文风物与奇山异水的大势。如果不是因为一株"榕树王"于传说中的存在，我们这几个"拜树教"狂人——由生态学家徐凤翔教授率领的一支小小科考队伍——或许也不会千里奔袭，自寒霜初降的北方，蓦然闯入这宛如隔世的绯红暮色里。

　　皎月初明，澄江如练。三五个闲人撑着竹排，漂荡在水光潋滟的大盈江心。野生的鸬鹚抄过林端，正要归去它们栖居的旧巢。恣意丛生的凤尾竹摇曳在水湄江畔，飒飒地抖弄着晚风的声色。竹林背后的傣家寨子里，袅袅升起几丛白色的炊烟。满怀倦意的水牛牵着农人，慢慢走向自家的黄泥小径。雪白的"牛背鹭"翩然飞起，向这些镇日相伴的老朋友道一声晚安。而我们这些异乡的旅人，也要在月上树梢头的时候，在盈江县城里寻得一个安歇的所在。

　　一夜无语。窗外是数以千计的燕子停歇在电线上，串成一条漫长的"鸟链"，偶尔呢哝几句，又沉寂在清幽的月色里。江声如诉，从北京驱车穿越广袤的华北平原，翻秦岭入四川，再滚滚经行于云南腹地的一路风尘，如电影闪回般划过我的脑海。倘若非要为此行寻找怎样的意义——大地如磁，远方如梦，我们只不过是循着婆娑的树影，又一次踏梦而来罢了。

铜壁关。清晨的雾霭笼罩着这座古中国的西南门户，曾经是明清两朝"八关九隘"之一的"铜壁关"早已湮没在荒草丛中，空余一个强悍的地名昭示着历史的遗脉。依照一张语焉不详的地图，那棵古老的榕树正是称"王"于此，在戍边的将士星云流散的三百年时间里，独自把守在铜壁关口的刀弄山上。往来出没于边地秘径的马帮不断为我们调整前行的方向，蓊郁的亚热带丛林却迷宫般地错乱这场绿色的奥德赛之旅，并乘机将它无边的苍翠自豪地兜售给我们。直到一通残破的石碑斜斜地指向某条山村便道，而这座"刀弄寨"里打柴的妇人又斜斜地指向村后的一峰高坡，我们这才遽然闯入这棵古榕树幽居的禁地，在一片暗无天日的肃穆中仰望其王者的威仪。

我依稀能够听到它沉重的呼吸，并微妙地感知一种悄然的凝视。如果这位五十米高、遮蔽着六亩天空的绿色巨人撼动它千万缕枝条忽然向我招手，我也丝毫不会感到有何特异之处。它就在这里，就好像上亿年来地球斩钉截铁地围绕着太阳运转，就好像 $E=mc^2$ 一样清晰明了。它独自构造了一个小宇宙，并主宰这世界里的生命节律。它骄傲地伸展着帝国的领土，以不断垂落的气根和四方蔓延的枝干攻城略地，甚至一棵青冈大树也被裹胁进它的肢体，无奈地沦为这君主的臣民——在我四方漫游的浪荡生涯里，似乎还从没有让一棵树占过上风，但这座盘踞在铜壁关口刀弄山上的古老榕树，却着实令我屏息凝神，不敢有丝毫的造次。

据说是三百年前一位景颇族长老，将他的手杖插在这座荒坡之上，才成就了如此盛大的一株神木；据说曾经有一座景颇寨子就扎在它脚下，却又不知于何年何月因为何种变故废徙他乡；据说一只猛虎曾叼来人牲在这树下血祭，被乡民抢回来的女子又活了许多年，只是缺了半张脸孔；据说人民公社准备伐树开荒的时候，砍断它第一根枝杈的精壮汉子当天晚上就一命呜呼，骇得众人再不敢打它的主意……在树旁棚户里守护它多年的杨绍概老人，一面用竹枝和绳索加固几根新垂下来的气根，一面喃喃地讲述着这些魔幻现实主义的民间故事。

"灵得很哟！"仿佛为印证他啧啧的赞叹，树前的一座香炉将几缕烟云悠悠地吐进藤蔓悬垂的老干深处。每年都会有人千里迢迢地来刀弄山上看这尊"树王"，老人总是腼腆地收上两元钱维护费，再将一张按有他指纹的自制"发票"塞到访客们的手中。"连挪威国都有人来看我们。"他颇有些自得之色，虽然"挪威国"究竟在哪儿，老先生自己也不大清楚。

"明年又来时，这须须就能长成碗口粗细了。"杨绍概停下手中固本培元的活计，欣慰地仰望着枝繁叶茂的穹隆树冠，如一位忠诚的老祭司守望他神圣的殿堂。暮色乘着宿禽的啼声，再一次悄悄笼罩在老榕树的周围，而树顶上那片天空却依然明亮湛蓝，不沾染一丝霞光的金色。风儿吹过枝桠，发出几声瑟瑟的箫鸣，宛如一曲天籁。

两千多年前，一个名叫庄周的闲人曾梦想着"逍遥乎寝卧"于如斯的树下，如今树已长成，庄周却迟迟不见归来。这古榕中的王者轻轻叹一口气，于是天暗下来，一轮明月爬上新绿的梢头。

神树·富饶美丽的潞江坝

【活泼，欢快地】富饶美丽的潞江坝，人人见了人人夸。稻田翻金浪，芒果甜又大。甘蔗如林胡椒辣呀，香蕉咖啡枝头挂。

——20 世纪 60 年代歌曲《富饶美丽的潞江坝》

"高黎贡山点头笑哟，潞江两岸美如画……哎……"潞江坝上丙闷村的村长岩帅先生一开始把调子起高了，唱到后来多少有些荒腔走板，但这并不影响他忘情地回味着这首三十多年前流传在中国知青中的浪漫主义革命老歌，"胜利向前进哎，歌声传天下……"潞江坝啊潞江坝，几乎就是那个上山下乡的火红年月里年轻人心中的"共产主义香格里拉"。

从腾冲横穿高黎贡山，在怒江左岸的蒲缥镇溯水北行，曾弥漫在盈江傣寨的怀旧气息再度缭绕于眼前葱茏茂盛的亚热带植被，金色的奘房佛塔与吊脚的精致竹楼重又隐现在江畔的凤尾竹间——这就是那首"怀旧金曲"中富饶美丽的潞江坝。我们无意中停车在岩帅开办的"傣家风情园"里吃午饭，方才邂逅了这位正值壮年而又精力充沛的傣族村长。他提着一壶香草茶过来，邀请我们品尝个中的清苦与回甜，听说这一车老少都是"拜树教"朝圣的狂人，顿时与我们亲如一家。

"还有谁比我们傣家人更热爱树的吗？"身穿傣式刺绣小褂的岩帅将我们带到丙闷村外的神树林里，像是宗族领袖领着几个漂泊的游子来祠堂认祖归宗。"我们把大青树当作神灵来祭拜。"岩帅自豪地指着一列器宇非凡的老榕树，"没有神树，也就没有我们傣家的村寨。"

这"神树林"的恢弘气度再一次令我瞠目结舌。仿佛是一个由老一辈榕树家组成的委员会，这些象征了傣家神灵的"长老"们各居其位，圈成一个不大不小的围场，供村寨里的乡佬神汉、家长男丁在年节庆典又或是商议要事的时候前来祭拜。当中的一株古榕最为茁壮，也最有威严，树干四周还用竹篱保护了起来。经岩帅介绍，果然正是这片神林的统治者：丙闷村的至尊神树。

"我们傣族是这潞江坝真正的主人。"年轻的村长站在神树林中，目光也显得神圣起来，"当年潞江坝上瘴气弥漫，除了傣族以外，没有谁敢在这里长期居住。老人们说：'傣不上山，傈不下坝。'几百上千年都是这样。只是近几十年瘴毒消散，原先住在山坡上的傈僳族和汉人才慢慢搬到这坝子上来。"岩帅随口念了一首昔日的民谣，"要过潞江坝，先把老婆嫁。"据说这段不甚斯文的警世格言还被慎重地记载于《永昌府志》的官方文献里。

在历史上，勾连古代中国与印度的"蜀身毒道"与纵贯滇西大地的"滇缅公路"，都曾为避此间的疟疾而舍近求远，宁肯凿通天堑、翻山越岭，也不敢踏入这"瘴疠之乡"一步。只有傣族的先民，不但无惧于瘴气的荼毒，反倒凭借这无形无色的天险，安然自在地生活在这片稻米富足、鱼虾丰美的怒江左岸，俨然如桃花源里的乱世逸民。

潞江坝是异族的死亡之谷，却是傣族的生命之洲。惟其充满了神秘的生杀意志，傣家人在选址立寨时必定诚惶诚恐，把一棵象征着佛祖神力的榕树幼苗，栽种在村寨周边的某方圣地上，再将阖村老幼乃至子孙万代的幸福都托付给这绿色的神灵——从古至今，傣族的民众视神树比他们的生命更为重要，而这些榕树也始终信守它们护佑一方的神圣诺言。

"如果你在潞江坝看到绿树成荫的寨子，那必定是我们傣家的田园。"岩帅村长无时不在洋溢他那强烈的自豪感，"神树的枯枝落叶哪怕烂掉，也不会有人捡回去生火；为了不多砍树烧柴，我们丙闷村是整个潞江乡最早成为'沼气村'的寨子。"当他听说我们几天前刚刚拜望了盈江的"榕树王"，无论如何也要拉我们到村里去，因为在丙闷寨中心，也有一棵大榕树，因其壮大的身形而被一班植物学家称作"亚洲榕树王"。既然我们是盈江树王的亲眼见证者，那就一定要给这场"树王之战"作一个公道的裁判。

　　这的确是另一种款式的"榕树王"。我们站在谷仓一样粗壮的丙闷榕树下面，已经不晓得该如何表情新颖地展现我们讶异的心情了。它像一朵拱出土表的巨大蘑菇，更确切地说，它像一朵自半空中凝固了的蘑菇云，干净整齐地立在村子的一角空地之上，既不似"盈江树王"般无法无天的野蛮霸道，也不像方才在神树林中见到的那几株老榕树，透着一股光影交错的神秘威严。它是一棵村中的"家树"，虽然身材魁梧，却温驯善良，如同庄户人家养熟的大象，打个更不贴切的比方，就好像初进 NBA 打篮球的"小巨人"姚明。

　　我只好有些"无厘头"地对岩帅说道："若以树冠的覆盖面积来看呢，盈江那棵野榕树因为少人修整，所以摊子铺得更大一些；但从主干的直径而论，特别是在树的形象气质上，你们'丙闷榕树'的优雅与大肚还是要高那么一点点。"村长大喜，尤其快乐于把他们的榕树比作在美国德克萨斯插队的上海知青姚明。古代的诗人曾风雅地为梅花与白雪品评高下："梅须逊雪三分白，雪却输梅一段香。"而我们这番"榕王争霸"的良心公论，倒也不失为一回"树悦人服"的榕间佳话。

　　丙闷榕树身旁的空场上开辟了半亩咖啡田，两个头戴草帽、腰系竹篮的傣家女子穿梭在一人多高的咖啡树丛中，采摘那些如珊瑚珠一样殷红剔透的咖啡果。驰名遐迩的云南小粒咖啡正是出在潞江坝上，熬得一壶，满室流香，常令嗜咖者如我激赏不已。但近年来国际咖啡市场价格走低（虽然我们在咖啡馆里喝一杯蓝山或卡布奇诺还是那么昂贵），村民辛劳一年却往往所得无几。好在傣家人总有享不尽的人生欢乐，总有跳不止的舞蹈唱不尽的情歌。至少年复一年，寨门外的大青神树总是那么根深叶茂，总在期许一个幸福美满的花样年华。

"你们来得刚好不是时候。"岩帅村长送我们上路，还在为潞江坝上青黄不接的时令向我们道歉，"如果早两个月来，各样的水果随你们吃饱；如果晚两个月来，满江火红的攀枝花让你们看呆。可现在只有这个……"他把两个熟透的木瓜送到我的手上说："尝尝意思吧。"

丙闷寨子里的大榕树挥臂向我们道一声"乖罕（再见）！"神林中那几棵正襟危坐的老榕树向外瞥了一眼，便继续捋着胡须，探讨来年村里的降水、收成、生老病死之类的重大问题。怒江在我们辗转起伏的旅程中不停地喧腾嬉闹，像条撒欢儿的小狗。怀中的木瓜散发着亚热带的芬芳，淡淡的让人有几分惆怅——也许是怀念潞江坝上某个长裙婀娜的傣家姑娘。

归宿·卡瓦格博的轮回

大自然并非只是衣食之源，她更是思想和生命诉说的对象。

——郭净《卡瓦格博》

披着藏式皮袄的马骅老师在二年级教室的黑板上写下一组生字，又到四年级班上讲解了几句乘法口诀，最后向学校坝子里玩"生态足球"（吹鼓气的猪尿泡）的学前班娃娃们吆喝了两声"注意安全！"这才走回他在教室隔壁的卧房兼办公室里，递给我一支北京产的"中南海"香烟。一场故友重逢的问寒问暖才算正式开始。

这是在云南德钦县梅里雪山脚下的明永村，也是我此次滇西旅程的灵魂终点。木叶脱尽的老核桃树在山谷里支撑着湛蓝的天宇，一道清溪的上游就是雪堆云栖的明永冰川。我坐在小学校狭窄的门廊里，看泥猴儿一样的孩子们不知疲倦地嬉戏打闹，手中一支香烟袅袅地向天空弥散。烟是幸福的，它终将升上六千多米的天空，与卡瓦格博峰蒸腾的云气融合在一起，与百万藏人对神山虔诚的礼赞交汇在一起，奔涌着投向来生的幸福。

马骅在这所乡村小学执教已经九个月了。2003 年 3 月，这位曾对都市生活深刻质疑的青年终于了断了他在北京的小资生活，辗转来到这座隐藏在滇藏边界的雪域藏村，甘做一个既无"志愿者"名份，又无半文钱工资的小学教师。唯一的报酬只是一座默然无语的雪山，一场六十年轮回的神山大梦，以及一份午夜梦回时空灵自省的心境。

还需要别的什么吗？马骅老师愉快地批改着学生们交上来的生字本，纠正藏族孩子不甚标准的汉语发音。在床头的一缕哈达下面，卡瓦格博的照片闪耀着神圣的光芒。

明永村是围绕卡瓦格博神山"内转"的起点与终点。半个世纪以来，虽然年年都有虔诚的佛教信徒来这里拜山朝圣，但唯有藏历水羊年——也就是马骅进村任教这一年，才是卡瓦格博山六十年一轮回的本命年。当地人认为这是一个天上众神与凡间众生皆骚动不安的伟大年份，据说一百零八座神山上的山神都将云集于此，而整个藏区的民众都跋涉在前往卡瓦格博的道路上。扶老携幼、牵牛带狗，乘着卡车、马匹、拖拉机或任何能够找到的交通工具，甚至单凭一双赤足的引领，人们从遥远的拉萨、昌都、果洛乃至数千里之外的阿里地区，不约而同地汇聚到这座藏族子孙世代景仰的神山脚下，围绕在这个佛经教义里今生与来世的交叉路口，以信仰者的虔敬，进行短则三日（内转，由明永至雨崩村）、长至两周（外转，跨云南、西藏两省）的神山之旅。

这真是一场生命的狂欢。对于许多追随着藏族朝圣者走完转山全程的外人来说，这或许是他们人生中第一次以灵魂而非肉体，指引着生命前进的方向。用十三天的时间完成一轮"外转"，并趁着授课之余"内转"了不知多少圈的马骅先生，面带朝圣者幸福的微笑，讲述他一路遭逢的种种艰辛与神迹：自一出生便被捆缚在马背上沐浴神光的婴儿、背负中途亡故的母亲行走在转山道上的康巴青年、为偿还宿愿而在雪山深谷间周行三十圈仍不止歇的四川僧人，以及当然，那永远飘荡在皑皑雪峰之间的嘹亮歌声，都超越了我们的世俗经验，呈现出一种终极绚烂的信仰之美。

"在我们的生命里，大自然不应只是衣食之源，她更是思想和生命诉说的对象。"同样在藏历水羊年完成了朝山盛举的云南人类学者郭净曾如是说。在雪域藏区的八座神山当中，虽然品级最为殊胜的要属西藏阿里的冈仁波齐峰，但若论神武肃穆，却莫过于这座兀然特立于滇藏交界处的卡瓦格博峰。对于众多信仰者而言，它所拥有的伟力不独只是无言的聆听而已，十二年前那场葬送了十余名中日登山者性命的神秘雪崩，迄今仍被视作卡瓦格博山神无上尊严的象征，传唱在梅里雪山每一个偏僻的乡村里。

"为什么那些个日本人差一点就爬到卡瓦格博的头上？"一位藏族老人曾悄悄地告诉马骅，"因为那几天卡瓦格博山神去印度的一座神山家喝酒去了。是德钦百姓焚香祷告的声音让他匆忙赶了回来，然后把肩膀轻轻一抖……"那个悲喜交集的祈祷之夜，那个几乎令千年信仰彻底绝灭的死寂黎明，终于以一场毫无征兆的大雪崩宣告了命运的最终评判。直到今日，仍有当年遇难者的尸体与遗物，被缓慢推移的明永冰川从山巅带回到尘世。而在冬日咆哮的风暴里，似乎仍回响着这座桀骜不驯的大雪山震慑世人的忿怒吼声。

无论如何，卡瓦格博峰终究没有被人类踩在脚下，他的子民也依然高昂起信仰的头颅，满怀骄傲地走在苍茫神圣的转经路上——他们从部族长辈的口耳传承中，受古老佛典经文的指引，决然在藏历水羊年的某个清晨离开家乡，踏上一条从未走过的朝圣之路，朝向这座神威卓著的"胜乐金刚"住持之山。没有人说得清这一年里究竟来了多少虔诚的朝拜者，尽管随处可见他们简陋的行装与满足的笑脸。按照德钦县政府最保守的统计，至少也不下五十万人次，而德钦的总人口不过区区六万而已。

在德钦的最后一夜，一间昏暗的小酒馆里，年轻的藏族诗人扎西尼玛、县图书馆长斯郎伦布与我彻夜倾谈这神山的"奇迹"。不，所谓的"奇迹"并非那些耸人听闻的民间故事，而是卡瓦格博为他们开启的觉醒之门：这觉醒的力量有如狮子吼，让一度迷失自我的藏族青年重新意识到民族传统的崇高价值，重新皈依于万千民众所信仰的天道与尊严。在大自然与古老的神灵所共同坚守的阵地上，在民族文化复兴所须承受的历史阵痛期，永不会被征服的卡瓦格博峰如一面高高飘扬的旗帜，将他圣洁的血脉倾注于每一个朝圣者的心中。

自从转山归来，执意不肯再脱下藏袍的马骅也会是他们当中的一员。"明年把最高的一班孩子送毕业，我可能会离开明永村。"他为我招手拦下一辆超载的乡村客车，"德钦白茫雪山里的藏文小学刚刚成立，他们想邀我去那里工作一年。"

我钻进破旧的汽车，向这个曾经一起喝酒打牌的老朋友挥手告别："好啊！到时我还会来看你。"我微笑着说，"先代我向那里的树和孩子们问一声好。"

以生态之旅起始的文字却以信仰之旅的故事结束，我暗自庆幸于这种心路的偏移。

2004年6月，马骅在明永村边的澜沧江坠水失踪。从此在每一个民众欢腾的乡村盛宴里，我都会在沉醉的泪眼中看到他酣然微笑的面孔。

七　西北五记：黄土的歌谣

在江湖上行得久了，有时会不由得停下脚步，追想曾经在生命里留下过痕迹的人与土地。那些支鳞片爪地闪回在记忆中的黄河谣曲与陇东影戏，从土灶蒸屉的白雾里鲜软浮现的晋中面花，那些苗人头顶的银饰，藏人身上的酥油气味，滇西一场淋漓的春雨以及牵着水牛冉冉走过村头的傣家少年，或许都会在某一个灯红酒绿的都市夜晚，令我猝然感到一种乡愁的寂寞。

对我而言，生命大抵如是。总是心动于远方的一声轻唤，便悄然上路，随着车行马走，再度搭上大地的脉搏。而我所恣意流连的，风景还是其次，那些有意无意间邂逅或者追访的歌者、艺人，那些默然厮守于一方水土的暮年老者，那些如飘蓬般散落异乡的异乡人，那些在荒野里操持一份孤绝信仰的信仰者，我总如兄弟一般与他们为伴，在他们的喃喃诉说或吟唱里，求得一份早已泯灭于喧嚣市井的纯真智慧，找寻一种埋藏在泥土深处的历史真实。

桑呱秧歌

正是陕北隆冬的季节，一场漫天风雪将黄河冰冻成一弯如钩的晓月。雪霁初晴时，向阳的坡面很快便现出梯田的沟坎，一道道地好像斑马身上的花纹，阴坡依然白森森地"惟余莽莽"，将就着远近的山河大势，正可入唐人的边塞诗，又或是明人的一幅泼墨山水。

延川县正是黄河边上的一片黄土地。纵横切割的沟壑坡梁，把一县的乡村各自圈围在相对隔绝的地块上。那些隔着山峁，将"牵手手，亲口口"的"酸曲"唱了一代又一代的陕北汉子与婆姨们，至今仍满心欢喜地在正月的年节里打起腰鼓，扭上秧歌，让天界的神灵与人界的众生都尽享这歌舞狂欢的尘世幸福。

桑呱是延川最深处一座几十户人家的小村，从县城坐吉普车过去要颠簸上三个多小时。正月十五的晌午，平日里冷清寂寥的打谷场上鼓声雷动。桑呱村"旧文化恢复协会"组织的社火队，在百十米见方的土坝子上狂放地舞将起来。高举一柄五彩纸灯的"伞头"引领着秧歌队迤逦前行。那把飘着流苏、贴满剪纸的灯伞如一面领军的战旗，神圣而不可冒犯。身披大红披风的会首老人威风凛凛地压住舞动的队伍，高声唱颂起吉祥的谣曲："各路诸神在里面，保佑平安万万年。"

几个身穿黄袄、腰系围裙、头插三绺纸冠的精壮汉子，斜挎着腰鼓，粗糙的大脸更画上扫帚眉与络腮胡须，最是豪迈地跳在社火队的中间，显出古代战将冲杀征战的做派。红衫绿裤的年轻女子手提着状如莲花的纸灯，头戴白羊肚手巾的娃娃们高举两三尺长的"枣牌"（将红枣串在玉米秸上，连缀成排，错落出菱形图案，又将蒜头、鞭炮等避邪的灵物悬在枣牌上，以求驱邪除恶，长命百岁），随着锣鼓声翩跹游走，又有扮成寡妇、赖汉的丑角们穿插其间，不时打个趔趄，跌个马趴，惹得旁观的乡亲哄然大笑。舞到半晌，"伞头"扎下人马，和另两个村中长老站在一方，齐声高唱："四月里来四月中，桃花开得遍山红……"把一年各个时令唱个周全，正应着《诗经》里"七月流火，九月授衣"的农耕古训。

陕北乡间"闹红火"，据说可以上溯到商周时代对"后土"的祭仪。西北诸省既是中国古代文明积淀最为丰厚的地区，也因为交通闭塞、民生艰苦，至今仍残留着许多古时候的文化因子。虽然这些文化被破坏过，但一俟风土相宜，就由宿老乡贤们牵头，将这番"旧文化"再度铺张整治起来。除了秧歌、腰鼓这些渐已收编成大众"团体操"的民间舞蹈之外，黄河沿岸各乡每到正月十五必要设阵周游的"转九曲""盘子会""绕灯山"，都还埋藏着生殖崇拜与天人交应的深厚根基。

在一抹白了头的高坡之下，桑畎秧歌如一场舞了几千年仍未落幕的社戏。人与天地、自然、节气最本初的依存关系，还在黄河流转的沟沟畔畔里，如血脉一般地延续着。

打铁与剜花

打铁作为一门营生，曾经是前工业时代最勇武的男性职业。从农耕的犁铧到征战的刀剑，铁匠们用大锤和火钳打造出几千年的文明历史。在古希腊神话里，甚至奥林匹亚圣山的神殿与绝色美女（或许是最早的"智能机器人"）潘多拉，都是铁匠之神赫菲斯托斯的杰作。

随着产业革命的惊涛骇浪席卷了整个世界，潮涌而来的工业产品迫得靠手艺吃饭的匠人们无处可以安身立命。那些勉强操持着家传祖业的铁匠早已在城镇里销声匿迹，"叮当"起伏的打铁声即便偶尔还得以听闻，也只是在交通闭塞的山村老寨里。

陕西安塞是西北名县，腰鼓耍得震天响，但深沟大壑里也藏着不少穷乡僻壤。西河口村就歇在一个山凹子里，连坡带坎地爬进去要走好长一段路程。冬日农闲，村里少见人烟，几个娃娃聚在一片柿树林里，坐在麻绳拧成的秋千上悠悠地荡着。

几孔窑洞错落地嵌在黄土山腰上，山墙一围，便是自家的宅院。这时就听到铿锵的敲打声从一户人家里传来，推门进去，院中一座炉台里火烧得呼呼正旺，操着风箱拉杆的竟是一位须发斑白的老先生。阳光透过头顶的芦棚和蒸腾的青烟，在他身边打通一道冉冉的光路。火苗随着气流的出入起伏明灭，如乐律一般流淌着。

老铁匠大号郭怀宝，已是 80 岁往上的年纪。自小学得一手锻铁的本事，也曾到安塞县里开了个铁匠铺子。后来五金店卖的铁器价钱越来越贱，渐渐地打铁生意维持不住，郭怀宝索性就回到西河口老家，接一些邻里乡亲们的零活，为农人修补损坏的耕具，打几件家用的铁器。如此围着黄土炉灶转来转去，就一直转到了耄耋晚年。

村子里的婆姨媳妇们常找郭铁匠打剪刀。商店里卖的剪刀形制单一，平常扯布裁衣还能凑合，但逢年过节要剪纸"剜花"，就显得不那么趁手。郭怀宝打出的剪刀刃口锋利，又能依着各人手掌的大小粗细，调整把手的尺寸，最能合她们的心意。那天，老人手头上正做着一把剪刀，两根一尺来长的铁料在炉膛里烧得通红，放到铁砧上大力地敲砸着，先打出刀锋和曲柄，再慢慢地淬火、开刃，打孔、栓接，真不是一两天就能做成的物件。

以这样琐细的工序，自然无法和流水线上生产的机制品相抗衡，然而这火炉里锻造、砧板上打磨出来的剪刀，却往往最得婆姨们的宠爱，都要绣个五彩的罩子套起来，平时舍不得用，等到剪纸、绣花的时候，才拿出来向妯娌们显摆炫耀。

我常怀想一千多年前，当关羽和张飞请涿郡铁匠打造出"青龙偃月刀"和"丈八蛇矛枪"的时候，想必也如那些陕北女子一般，望着只属于自己的这柄利刃心潮彭湃；也只有在那样的时代，铸剑的大匠才甘愿跳入熊熊的火炉，以性命和鲜血成就一柄传世的宝剑。

当西河口村的郭怀宝老人默默地修补起一把崩裂的锄头时，我知道那时代早已悄然隐退了。其实何止是商店里买来的锄头刀斧，连我们自己都只不过是身份证上的一串号码，后工业时代的一种"人工智能"而已。

剪纸招魂

　　中唐安史之乱，诗人杜甫从长安仓惶出逃，挈妇将雏，一路辗转而至陕西白水县彭衙村。村中故友劝酒压惊，盛情款待。老杜感动之余诗兴大发，写下《彭衙行》一首以致谢忱。诗云："延客已曛黑，张灯启重门。暖汤濯我足，剪纸招我魂。"千年以降，如今"洗脚房"在城市里依旧大行其道，而剪纸招魂却早已鲜见于当世，只有杜甫曾经投宿的陕北故地，尚还有些汉唐的遗风依稀可辨。

　　延川县土岗乡的黄土塬上，有一个正月里社火闹得比较热烈的小村子。头年几场秋雨，把村里唯一的外销物产——红枣，大半沤烂在果仓里，所以今年村民的裤腰带恐怕更要收紧些个。日子虽穷，也还是要照过。五谷杂粮吃出毛病，方圆十几里又没有郎中可以诊治，于是，土生土长的乡巫神汉们便多少派上了些用场。我一来村里，就刚好赶上"梦仙"毛老先生大开道场，为本村一位名叫旺财的病汉施法招魂。

　　窑洞前不大的院落里，摆放了一张香案，桌上的木盒插了几支细长的木杆与点燃的线香。三五缕流苏似的纸穗挑在梢头，簇拥着当中一列黄纸剪成的小人，手手相连，被乡人称作神鬼难敌的"拉手娃娃"。在黄昏的光影和缭绕的香烟里，飘荡在微风中的娃娃们此起彼伏，有如注入了生命的气息，让围观的村民都有些窃窃私语。

"锵朗朗"的铁镲声再度摇响，祭坛上所有的纸人、纸絮都被一把火烧光，神仙们也就各自"得胜还朝去者"。至于旺财第二天一早能否病去灾消，那也将是众说纷纭的一桩闲事。毛老先生褪下纸冠，收起法器，恢复了普通的乡民打扮。这老先生如何竟成了"毛梦仙"？他微微一笑，不作一声。头顶上一轮西北的大月亮，圆得更让人无话可说。

剪花娘子

虽然这些年来，随着民俗工艺品的流行，西北县乡里剪纸卖花的汉子也日渐多了起来，但传统上"剪花"还是妇人们操持的手艺。你无法胜数那些散布在黄土窑洞里生就一双巧手的"剪花娘子"，正如你无法唱遍每一首信天游，无法穷尽每一种刺绣的纹样一般。

在晋陕两省的乡村里，剪纸与绣花一样，曾经是每一个女子自幼修习的功课。心思的纤巧，手足的伶俐，都能从窗花或纸样的精粗、文野里看出个一二。岁月凋零了野花的芬芳，而红纸剪出来的生命记忆，还在广袤深厚的黄土地上绵延不绝地流淌与积存。

陕北安塞县的井坪河村，如它的名字所勾画的那样，朴实而宁静。村中最有名气的剪纸能手潘常旺大娘，和她的老伴杨猎户，住在这山沟沟里已有六七十年的光景。潘大娘十七岁嫁到这村子里，那时方圆几十里的山上还是莽莽苍苍的大林子。她围着炉台操持家事，杨猎户就拎起《水浒传》里解珍、解宝们惯用的三股叉，在山间逡巡游猎。

"早年打死过几十只狼，还有三头豹子。"已经老得有些糊涂了的杨猎户坐在小院里，整日里讷讷无语，只有在提起打猎的时候，他混浊的双眼才忽然泛起了精光。手中的旱烟管也微微抬起来，像是要刺入豹子的喉咙。但如今这黄土满面的荒山秃岭，别说豹子，连个野鸡都未必藏得住。杨猎户的时代早已湮灭在历史里，他曾仰赖半生的森林就这么成了传说中的海市蜃楼。

直到 20 世纪 80 年代，足不出户半辈子的潘大娘才算有了一点"名声"。安塞县文化馆派人下乡普查全县妇女的剪纸花样，井坪河村这位农妇的"剜花"手艺，让县里的文化人赞不绝口。一问姓名，却发现除了娘家姓潘，嫁给了老杨家，年过半百的女子竟然没有个名字。文化馆主任朱笔一挥，于是"常旺"这个官名才算扣在了潘大娘的头上，又随着她的剪纸载入图册，渐渐传出了陕北的深沟大壑。

在冬日午后的太阳底下，潘常旺和杨猎户并排坐在窑洞门外的小板凳上，像一幅木版年画。老先生"吧嗒吧嗒"地吸着烟袋，心思或许还在六十年前那三头豹子的身上。潘大娘低头剜着红纸，剪出些"抓髻娃娃""麒麟送子"的样子来。虽然村里逢年过节贴窗花的人家越来越少了，但托人拿到县上，或许还能卖给外地来看安塞腰鼓的游客。三两只鸡在他们身前来回地踱着步子，因着阳光映照而澄黄一片的土窑顶上，几枝枯萎的蒿草在湛蓝的天色里瑟瑟地摇摆。

有时一幅画面竟成了记忆的终点。我离开井坪河村五天之后，潘常旺大娘便悄然辞世。陕北乡间的"剪花娘子"又走了一个，还没有剪成的红纸早晚也将褪尽颜色，正如她几十年的生命一样，归于尘土，湮没无闻。只剩下杨猎户一个人，呆坐在空寂的院子里，吧嗒着那根旱烟袋，追想他壮年时代打死的三只豹子，娶过的一个巧手婆姨。

陇东皮影

村口的小路上黑生生地晃过几条人影，摸进一座庄户人家的庭院里。窑洞的门扇敞开着，大人矜持地招呼着客人，娃娃们蹿进跃出，等待即将开场的好戏。一张白色的帐幕（行话称作"亮子"）在窑洞的土炕上撑开，麻油灯点亮，箱子盖掀开，艺人们躲在幕后各安其位，五彩斑斓的文官武将排成几列，吊在随手可及的绳子上。随着一声渔鼓砰然开场，"亮子"的正面幻化出一堂金銮宝殿，几个乱世英雄。一口沙哑粗豪的嗓子，在影人的舞蹈下高亢地唱念着："家住山东，济南府……"

这是甘肃东部环县乡间的一个寻常夜晚，或许是才散了红白喜事的流水筵席。向晚无事，主人家照例要请四乡最红的皮影艺人来演几出神戏。如果是城关的"史家班"，曾经在意大利展露过绝活的史成林就会唱些谐趣的"相公招姑娘""八戒背媳妇"；如果是陈旗塬的"敬家班"，当家的敬登歧一把四胡拉得炉火纯青，称得上是陇东第一把胡琴；如果是县上"谢家班"，幕布后面明明灭灭的一盏电射灯，就更有些高科技的气息，不但武打出众，班子里还有皮影界极罕见的一两个女艺人，不时为女将、娘娘们佐唱发声。

环县地处陕、甘、宁交界的深沟大塬上，红军曾经在这里建立过革命根据地。而境内兴隆山又以道教圣地名动西北五省，每年农历三月三，来此烧香赶会的信众数以万计。相传"道情皮影"，正是此间道人以幻象喻尘世，以说唱渡众生的一道法门。清末民间大师解长春将这门"电影先声"发扬光大，不但把道家渔鼓、简板的粗陋形制改造成吹拉弹唱、五音交响的"光影大戏"，更在陇东八坡九峁的村寨里，点燃了道情皮影荧荧不灭的火种。

皮影一艺，全靠挑线的先生在幕后比手划脚，操练那些牛皮雕镂的小人。一会儿是登台拜将，一会儿是疆场厮杀，单人双手一卷台本，就可意态酣畅地"古今多少事，尽付笑谈中。"而班子里伴奏的伙计们，击鼓拉琴之余，乘着逸兴，在先生要到动情发力的时候，便一哄而起，合着调子高声唱和一番，是为助兴的"嘛簧"。看皮影的人若是对戏文烂熟于胸，也会相跟着抖一嗓"嘛簧"过瘾。都是粗声大气的农人，放开喉咙一通宣泄，戏场里有如滚过一阵惊雷。所以"道情皮影"又有个诨名，叫"吼塌窑"。其质朴粗犷，由此可见一斑。

二十世纪六十年代，陇东的老皮影箱子大都被付之一炬。如今残存的几副，大半也流落在古董贩子的货柜里。皮影偶人烧了还可以再刻，但一路涤荡的经济大潮却彻底动摇了中国乡土文明的根脉，偏僻如甘肃环县，也逐渐少了皮影戏班四外游方的身影，林立的电视天线接驳起大都市里喧腾浮躁的娱乐气息。

"从空中飞下了一群古雁，苦苦叫啼是：国泰民安哪啊……"那神采飞扬的影人，吼塌窑洞的合唱，千军万马的征杀，随着油灯吹灭那一缕青烟散去，终于与我们的时代渐行渐远。

八　纳吾鲁孜节：哈萨克人的琐罗亚斯德教节日

　　二月正是北疆最天寒地冻的时令，天山北麓的昭苏草原覆盖在一尺多厚的积雪之下，白皑皑地望不到边际。从县城到哈萨克克扎依部落聚居的牧区，三十多公里的路途其实并不遥远，只是昏天暗地辨不清前程，汽车随时都有翻下沟渠的危险。穿过乡政府所在的喀夏伽尔村，再沿一条界线模糊的牧道笔直南行，远近的雪野中点缀着几座牧民的院子，空落落的没有人迹。牧道顶着山根，折进两列生长着云杉林的雪岭深处，一条冰封的河谷在群山的俯视下迤逦伸向远方，这就是昭苏县最大的冬牧场——阿克牙孜沟。每年都有数十万头过冬的牛羊和马匹在哈萨克牧人的照看下生息于此，要等到三月下旬"纳吾鲁孜节"前后，山外积雪消融，草色重新返青，牧民们才会驱动麾下众生，一路迁徙到春牧场上，继续他们另一季候的游牧生涯。

——田野笔记

　　传统节日往往蕴含着一个民族丰富的文化信息与深长的历史脉络，它通过对时间的"神圣化"，以祭仪、盛宴、舞蹈等多种形式，让节日的参与者感受自我与族群、祖先和神灵的融合，并使节日成为民族记忆的传承载体。虽然在文明嬗变、民族迁徙的漫漫进程中，一些古老的节日或是逐渐消亡，或是改变形态，甚至迷失了它们的传统源流和信仰内核，但我们仍然能够透过某些传统节日的庆典与习俗，去追寻一个民族的文化之根，还原一方水土万千民众的心灵图景。

　　2006年2月至4月，我于新疆伊犁哈萨克自治州昭苏县喀夏伽尔乡从事田野考察，亲身经历了哈萨克族传统节日："纳吾鲁孜节"。作为哈萨克人最具文化特性的民族节日，纳吾鲁孜节在官方和民间均具有重要的意义。州、县、乡各级政府分别组织了规模不等的文艺晚会，并以盛大的宴会、团拜欢度佳节。而在当地的农区和牧区，哈萨克牧民和农民也以朴素却更为传统的方式，庆祝这一古老的节日。

　　昭苏县位于新疆伊犁哈萨克自治州的西南部，自古以来，其辽阔的草原便是游牧民族生息繁衍的乐土。根据古代文献与考古发掘的文物显示，早在新石器时代，伊犁河谷便有人类活动的遗迹，自西汉乌孙国定都赤谷城以来，游牧民族如潮涨潮消，在昭苏原野牧马放羊，四季迁徙。蒙古帝国西征时期，在伊犁地区建立察合台汗国，从此成为昭苏草原的主人。而昭苏县名的由来，也正与蒙古民族有直接的关系。1760年，厄鲁特蒙古人受清朝委派戍边，被编为厄鲁特营左翼，分为六个苏木，"六苏木"遂成为本地的通称。1938年，民国政府以昭苏设治局替代厄鲁特营，取"喇嘛昭"之"昭"

字与和"六苏木"之"苏"字合璧而成"昭苏",昭苏县名由此而来。

游牧于昭苏县境的哈萨克族主要分为克扎依和阿勒班两大部落。其中克扎依部落的祖系是乃蛮部,原居北疆的额敏县与托里县,一部分于1887年由伊犁新源县迁入特克斯县,1890年,其中一支来到昭苏,游牧于县境东南部的草场。这支哈萨克族人在内部又分为喀拉夏、加兰图斯、阔喀什、萨尔木克、喀拉木克等五个小部落,原本各自有生息的四季牧场,近年来逐渐朝定居的方式转变。

我做考察的地区为昭苏县喀夏伽尔乡。"喀夏伽尔"是哈萨克语,意为"在悬崖上修建的畜圈",该乡位于昭苏县南境,乡政府所在地喀夏伽尔村距昭苏镇四十五公里。喀夏伽尔乡下辖森塔斯、别迭两个牧业村和喀夏伽尔等三个农业村。我所观察的纳吾鲁孜节的过程,基本在森塔斯村位于该乡阿克牙孜沟内的冬牧场内进行,同时,在乡政府所在的喀夏伽尔村也举办了一定规模的文艺演出和聚餐活动,从一个侧面反映出传统民族节日在当代文化背景下不甚乐观的保护现状。

在中国,纳吾鲁孜节是哈萨克、柯尔克孜等民族的传统节日。"纳吾鲁孜"来自波斯语,是"春雨日"的意思。每年春分,也就是3月20日或21日,便是哈萨克与柯尔克孜人欢庆纳吾鲁孜节的日子。但是在交通闭塞、牧民居住点非常分散的昭苏牧区,特别是山沟深处的冬牧场,哈萨克牧民在此前的半个月时间里,便已陆续开始了他们筹备物资和过节的程序。因此,当春分日到来的时候,牧区大部分人家早已经以家庭和社区的规模过完了纳吾鲁孜节,有时间和精力来参加政府组织的官方庆祝活动。

3月上旬，正是阿克牙孜沟冬牧场的哈萨克牧民进行纳吾鲁孜节庆祝的时间。我所居住的柯克玉勒姆地方距喀夏伽尔乡约三十公里，位于阿克牙孜河左岸的一小片台地上，是五户牧民共同越冬的冬窝子，桑塔斯村的村民克易齐拜（我的房东）、巴太伊、江格斯、波拉特、叶尔江和他们的妻子、孩子们在此地的五幢木楞房中生活，照看他们各自家族共有的牲畜。

纳吾鲁孜节到来之前，各家都要提前准备过节时必需的食品和原材料，最主要的工作是准备"纳吾鲁孜阔杰"——也就是在节日期间食用的稠粥。哈萨克人以牧业为本，入冬之前，早已宰杀一批牲畜，将牛、马、羊肉悬在存储室中，熏制成风干肉。因此，柯克玉勒姆的五户哈萨克人主要的任务便是购置"纳吾鲁孜阔杰"中的其他原料：麦子、面条、葡萄干、大米，再在自家的食物储备里准备酸奶和盐（也有加入小米和奶疙瘩的），按照传统的做法，内中的食品要放七种，所以有人称"纳吾鲁孜阔杰"为"七宝粥"。由于牧区居住分散，一般来说，一个小型社区的牧民会在同一时间内举行纳吾鲁孜节的庆祝活动，营造一种集体性质的节日气氛。

3月中旬，昭苏的冬牧场依然笼罩在漫漫长冬的风雪节气里。阿克牙孜河仍未解冻，清澈湍急的河水在半米多厚的冰层裂隙中奔流。每天清早，几户人家的男女主人都要在天蒙蒙亮时起床，照料畜栏里牲口的饮水与食草。即便是在纳吾鲁孜节当日，各家牧民醒来之后的第一件事，还是要将马棚中的牛只和马匹牵到河边，从冰河中打上一桶桶的河水，让牛、马饮饱，再将它们带到自家的草场上去。

女主人挑水回家，从温暖的木屋中牵出才出生不久的牛犊，拉到牛栏中让母牛哺乳，随后再将牛奶挤入奶桶之中。羊群也在男主人的关照下，先吃些干草，再被羊倌——通常是自家的少年或是雇来的帮手——赶到草地上，啃食日渐稀疏的枯草。大约要忙碌一个多小时，牧民才能够从畜栏那边腾出手来，返回房间筹备过节的诸多事宜。

主妇将房间里的被褥收叠整齐，靠着墙边垒成高高的一摞，再将室内尽量清扫得干净，便开始张罗"纳吾鲁孜阔杰"的烹煮。先是用大锅将几种牛、羊肉骨炖成肉汤。肉骨的选择有一定之规：宜用前腿上部、腰骨、背骨、肋骨等部位的带骨肉。由于冬肉干硬少油，且上述肉骨大都以骨头为主，因此用来煮粥的肉汤并不油腻。待肉品接近熟烂时，再依次放入麦粒、大米、酸奶、面、葡萄干和盐，直到这锅浓稠的"纳吾鲁孜阔杰"烹制完成。

除了节日的主餐"纳吾鲁孜阔杰"在灶火上熬煮之外，哈萨克人还制作其他的美食以款待宾客。主妇会在户外的馕坑里考制新馕，架起油锅炸制馓子。男主人除了将更多的冬肉，如马肠、马脖子甚至几种野味煮熟之外，还会视客人的尊贵程度，杀一只羊，用羊肉煮汤下面，做成哈萨克的经典名吃"纳仁"。当然，辅餐的冰糖、奶酪、葡萄干等也一应俱全，待客的奶茶更决不可少。此外，主妇们要拿出崭新的座垫"萨勒马克"铺在炕上——这种带有菱形图案的长方形座垫为毛毡质料，经过对毛毡的剪裁、拼贴、刺绣和缝制，经过两到三个月的工作才能完工，是哈萨克妇女最具代表性的手工制品，也是检验哈萨克妇女勤劳与灵秀的重要指标——供客人入席时盘坐。

纳吾鲁孜节期间的主要活动，是全社区的家庭迎接来访的邻居和客人，与他们共同品尝"纳吾鲁孜阔杰"。在我生活的柯克玉勒姆，从节日的上午开始，来自冬牧场各个冬窝子的亲戚和友人陆续骑马和摩托车赶到这里，一般是每户派一名代表，与主人全家一道欢度这个美好的日子。当亲朋好友聚拢到齐，在木屋里的炕上盘膝而坐之后，家中的主妇便为每位客人端上一碗"纳吾鲁孜阔杰"。这时，由客人当中最年长或最有威望、地位的人做"巴塔"。

哈萨克语中的"巴塔"(bata)意为"祷告、祝福"。巴塔习俗起源于远古时代对祖先和神灵的祭祀和祈祷。

在我所居住的冬牧场普通牧民家里，纳吾鲁孜节巴塔大抵以"祝我亲爱的兄弟们来年牲畜满圈，奶品丰盛，人畜两旺，生活顺畅……"等吉祥的祝福话语为主。在过节的第一户——克易齐拜家中，房东的母亲，七十六岁的江格尔德克老人率众做巴塔。众人将双手平放在前胸，当老人祷告结束之后，盘膝坐在炕上的牧民用双手抹脸，以示将美好的祝福纳入心中。

按照哈萨克传统风俗，如果前来庆贺节日的是未婚青年，就要喝一碗"纳吾鲁孜阔杰"，如果是已婚者，就要代表家中的每一位成员各喝上一碗，当然倘若家庭人口众多，主人也不会过于勉强，毕竟节日里走家串户的活动才刚刚开始。由于各户在冬牧场的放牧点相距较远，因此不少牧民在整个冬牧期间少有见面的机会，纳吾鲁孜节刚好给了他们一个重要的社交环境，可以彼此交流牲口的畜情、狼害的风险，以及冬窝子的草料还能坚持多久，何时准备迁出冬牧场，返回他们主要的居住地——森塔斯村的春秋牧场去。

在克易齐拜家盘桓了一个小时左右，众人起身告辞，出门朝邻居波拉特家走去。三十四岁的波拉特和他的妻子莎格姆古丽带着小儿子一同住在一间去年底新建的小木屋里，和其他哈萨克牧民一样，他家的房顶上插着一块太阳能板，靠太阳能发电来支持晚间的照明。波拉特一家准备在纳吾鲁孜节之后的第二天，便从冬牧场迁出，返回他们在森塔斯村的家，因此所有的羊只都已在前几天从半山腰的羊圈里赶了回来。次日清晨，他们就将骑马驱赶着牛羊，沿阿克牙孜沟朝下游行进两天，返回沟外的春牧场。这其实正是纳吾鲁孜节的另一种实际功能：从春分的次日开始，哈萨克牧民便陆续动身转场，虽然在此之前，已有一些牧民因为冬窝子的草料耗尽不得不提前离开，但按照哈萨克的传统历法，纳吾鲁孜节之后，大规模的转场行动才正式开始。

在波拉特家，除了喝女主人莎格姆古丽煮好的纳吾鲁孜阔杰之外，男主人还宰杀了一只大绵羊，羊皮被剥离之后，连同羊肠子一道被放入储藏间，准备出沟以后卖给羊皮贩子。羊头和羊蹄插在木棍上，放在火堆里烧烤褪毛，再和切成大块的羊肉一起放入锅中清炖。客人先喝汤，主人再将煮熟的羊头献给客人当中最德高望重的一位，由他做一个巴塔，祈愿波拉特一家转场顺利，多接羊羔：

"愿你的餐布上食品多，草场牲畜多；愿你的家庭人丁兴旺。"

　　老人再将羊头肉用小刀切碎，分给众人品尝。接下来，炖熟的羊肉与面条拌在一起，放在搪瓷大盘里，客人们便用手撮着面和肉吃。这种招待贵客的食品"纳仁"，即便在纳吾鲁孜节期间，也并非家家都会准备。

　　客人们对波拉特一家表示了节日的祝福，走出他家的木屋，又朝着另一座木楞房，也是本地唯一的商店：巴太伊家走去。巴太伊家有两间木屋，内间是自家的卧室，外间则用来招待客人，特别是从冬牧场各处到他的商店里喝酒的哈萨克男子。巴太伊的妻子端来刚刚炸好的馓子和冒着热气的烤馕，当然更少不了为每位客人准备一大碗纳吾鲁孜阔杰，虽然这时客人们已经很难再大吃大喝了。庆祝的程序依然要进行。尊敬的长者在进食纳吾鲁孜阔杰之前，为在座的众人祝福，巴太伊的哥哥是桑塔斯村最著名的冬不拉制造者，他将一把刚刚做好的冬不拉交给一位名叫塞太伊的牧民——他也是本村最著名的"阿肯"（哈萨克民间歌手），由他拨动琴弦，唱一首传统的纳吾鲁孜节日歌谣。

　　客人们纷纷和着曲调歌唱。塞太伊兴致方浓，又和另几位"阿肯"对唱了几曲，除了一些传统老歌之外，很多新的哈语歌曲都来自昭苏以西的哈萨克斯坦。在那个以哈萨克族为主导民族的中亚国家，纳吾鲁孜节被视为全国性的重要节日。

　　离开波拉特家，已经喝了一肚子纳吾鲁孜阔杰的宾客们先在房侧的畜栏边休息一会儿，吸烟闲聊，又继续到下一家：小伙子叶尔江和妻子齐娜尔古丽家做客。叶尔江家不算富裕，因此仅以纳吾鲁孜阔杰和奶茶招待，但盘坐在炕上的客人们并无怨言，热情地祝福小两口生活美满，四畜兴旺。到北京时间下午 5 点，前来祝贺的客人们纷纷告辞，在柯克玉勒姆冬窝子举行的纳吾鲁孜节庆祝活动就基本上结束了。

第二天上午，在喀夏伽尔乡政府大院内，举办了乡一级的纳吾鲁孜节庆祝会。老年人在纳吾鲁孜节的活动现场受到特别的尊重。德高望重的哈萨克老者都身着民族盛装，坐在前排观赏歌舞节目。活动的重头戏是一台由乡民和当地中小学师生主演的文艺节目，其中包括哈萨克传统乐器冬不拉、谢勒铁尔的演奏、民间歌手的独唱、哈萨克民族舞蹈以及由村民自编自演的小品。由于哈萨克人占喀夏伽尔乡总人口的 90％左右，这场演出全部以哈语进行，节目水准也就体现了当地哈萨克民间文艺的基本水平。因为从各村、各牧场赶来看演出的村民众多，因此在演出之前，乡派出所和计划生育站的代表也就借机宣告时下的社会规范和生育政策，并散发了一批宣传品。虽然以业余演员为主，但围拢在舞台（也就是乡政府门廊）前的男女老少对演出效果十分满意，特别是看到熟人在舞台上表演时，掌声和笑声更是格外热烈。

在昭苏其他几个哈萨克、维吾尔、柯尔克孜和蒙古族、汉族混居的乡，例如夏特乡和洪纳海乡，纳吾鲁孜节的文艺活动就更带有些多民族文化交流的意味。在夏特乡的纳吾鲁孜节演出，蒙古族壮汉的鹰舞和维吾尔族巴郎子的塞乃姆舞各具特色，洪纳海乡的维吾尔族和哈萨克族乡民还表演了热瓦甫和冬不拉的合奏。由于昭苏属于高寒地区，因此政府主办的纳吾鲁孜节的庆祝活动一般都安排在室内或庭院中举行，并与一顿丰盛的纳吾鲁孜阔杰聚餐活动前后衔接。在这种大型庆祝活动中，除了照例有长者在喝纳吾鲁孜阔杰之前做"巴塔"，为来宾祝福之外，有时还有多名头戴白底刺绣红色花纹的"赤老氏"头套、胸前围着传统的"基米谢克"胸巾的老年哈萨克妇女，抬着装满糖果的毡毯走进饭堂的大门，一边欢笑祝福，一边将糖果撒向围坐在桌旁的宾客。客人们都以抢得最多的糖果作为来年幸运、美满的好兆头。

虽然纳吾鲁孜节被认为是哈萨克族、柯尔克孜族、乌兹别克族等中亚游牧民族的一个古老节日，但这一节日的起源、形成时期和传播过程却存在争议。一种说法认为：过此节日的民族在语言上一般都属于突厥语系，大多是保留有一定的原始萨满教遗存的民族。因此，纳吾鲁孜节带有萨满教的原始宗教色彩。另一种观点则认为纳吾鲁孜节与哈萨克传统的历法有关。"纳吾鲁孜"一词在哈萨克语里意为辞旧迎新、元旦日，哈萨克等民族有自己独特的纪年方法，即旧历十二地支，十二地支即十二年，每年以十二生肖动物命名。

有哈萨克民间故事是这样讲的："相传在很久以前，许多动物聚集在一起，想知道即将到来的年份的好坏，并对新年开头都感兴趣。他们商议进行一次比赛，看谁先看到新的一年的到来。骆驼因个子高大，是最有希望先看到的了，其它动物还得翘首张望，这时老鼠偷偷地窜到骆驼的耳朵上，于是它比别的动物都先看到了新年的开头。骆驼一生气走了。从此以动物先看到的开头命名，老鼠排第一，其余牛、虎、兔、蜗牛、蛇、马、羊、猴、鸡、狗、猪等，按顺序排列。哈萨克族有句谚语："骆驼只凭个儿大，十二属相里却没有它。"哈萨克人把春分那一天（3 月 22 日前后）作为元旦，用的其实就是沿用十二生肖纪年法。农历的正月春分昼夜相等，是"交岁"的一天。于是，把辞旧迎新的这一天作为自己的节日来庆祝。

虽然民间故事提供的素材无法支持纳吾鲁孜节的历史渊源，从昭苏老人口中也已经很难还原纳吾鲁孜节的真实来历，但通过来自其他国家和时代的资料，我们大致能够还原纳吾鲁孜节的历史起源和文化背景。

纳吾鲁孜节并非中国哈萨克族及其他少数民族自己的节日，而是中亚各民族国家如哈萨克斯坦、吉尔吉斯斯坦、乌兹别克斯坦、塔吉克斯坦和阿富汗等国民众都庆祝的佳节。如果我们继续沿着古代的丝绸之路朝西亚地区前进，会发现伊朗人在每年的 3 月 21 日，同样要庆祝他们的春节——诺鲁孜节（Norouz）。根据伊朗方面的资料，诺鲁孜节是伊朗人民的一个传统节日。也就是波斯太阳历每年新年的第一天，也称春节。该节日在伊朗有着两千多年的历史，可以追朔到伊朗的阿契美尼德王朝统治伊朗时期。这一节日一直是伊朗人民的重大民族节日。

伊朗诺鲁孜节的庆祝方式与哈萨克族等中亚民族有诸多一致性：在新年前夕，要对家中进行大扫除，清洁家中的卫生；节日期间全家人欢聚一堂，体现家庭的温馨与和睦；走亲访友，看望老人和探

走在山脚下

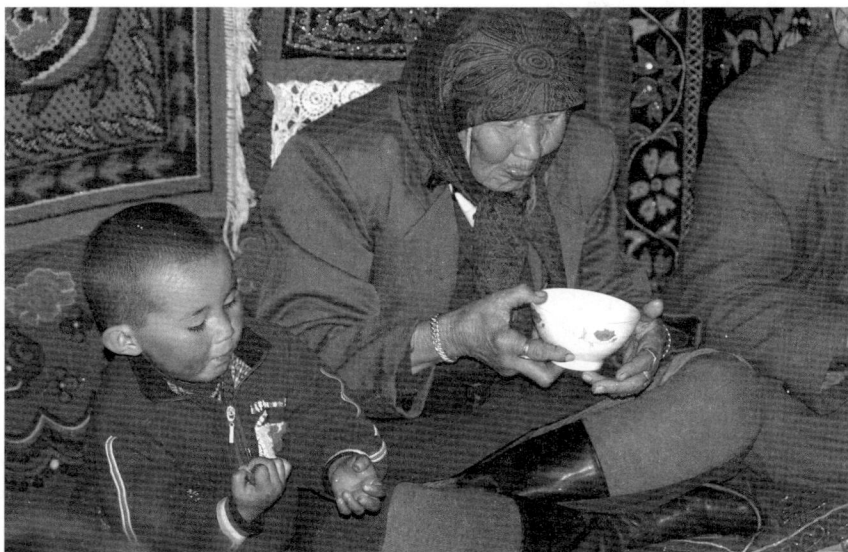

节日里的普通人家

望病人；再有就是准备由七种食品组成"诺鲁孜饭"：其波斯文名称的第一个字母都是 S，称为"哈夫特辛"。七样东西及其含义是：麦苗或豆苗——万物生机勃勃，欣欣向荣；苹果——硕果累累，鲜美滋润；醋——生活美满，有滋有味；蒜——驱除恶魔；金、银币——招财进宝，发家致富；香料（调味用）——生活美好；麦芽糖——生活甜蜜。这些节日习俗，与中亚各民族的纳吾鲁孜节基本一致，唯有食品的成份与内涵因为地域的不同而有所区别。

一个无可争议的事实是，哈萨克族、乌兹别克族、柯尔克孜（吉尔吉斯）族等中亚民族在其形成的过程中，曾经深受古代波斯文化的影响。早在公元前 500 年左右，阿契美尼德王朝时期的波斯帝国曾经统治广阔的中亚地区，建立了三个中亚行省，哈萨克族的祖先之一塞种人也曾是波斯帝国的臣民。在此后的两千年中，波斯诸王朝始终是影响中亚政治、宗教和文化的重要力量。因此可以推断：在阿契美尼德王朝时代起源的诺鲁孜节，同样从古代波斯传播到中亚，并为各游牧民族所接受。如果我们判断哈萨克族的纳吾鲁孜节与伊朗的诺鲁孜节同源，那么纳吾鲁孜节的历史和宗教背景便可清晰可辩。

根据历史学、人类学界对伊朗诺鲁孜节的调查研究，得出的结论是诺鲁孜节系琐罗亚斯德教的宗教节日。琐罗亚斯德教因尊崇代表光明和生命的火，在中国又称"祆教"或"拜火教"，它是起源于波斯的宗教，也是人类最古老的宗教信仰之一。这一宗教的创立者琐罗亚斯德是古波斯一位伟大先知，据说生于公元前 11 世纪，他得到光明世界的主宰阿胡拉·马兹达（Ahura Mazda，Ahura是"神"，Mazda是"伟大"）的神启，在古代雅利安人多神教的基础上建立琐罗亚斯德。其基本教义是善恶二元神论，奉《阿维斯塔》（即《波斯古经》）为经典。琐罗亚斯德教徒必须恪守三善原则——善思、善言和善行，只有恪守三善原则，才能战胜邪恶和黑暗。

在两千多年前的阿契美尼德王朝时期，琐罗亚斯德教已经成为波斯的国教，至萨珊王朝（224－651）臻于全盛，并传播到中亚广大地区甚至中国。诺鲁孜节是琐罗亚斯德教所规定的七大节日之一，以纪念大神马兹达的七大创造（天空、水、土地、植物、动物、人和火）中对火的创造。火把生命和能量带给万物，因而具有特殊的重要地位。

英国学者玛丽·博伊斯在其著作《伊朗的琐罗亚斯德教村落》中指出："诺鲁孜即新年，是为第七大感恩节。这是令人快乐的圣日，在古老的异教时代，可能只是庆祝春天，用以欢迎田野和牛栏里的生命复苏。但当琐罗亚斯德重新制定这个节日时，使他变得更加复杂，成为具有重大理论意义的双重节日。一方面，作为春节，它不但庆祝大地上的生命重生，而且帮助唤醒信徒们，那一天恶魔已被战胜，末日审判即将到来，人们就要冲出坟墓，就像叶子抽芽、鲜花盛开一样重焕生机。作为希望和重生的节日，诺鲁孜负有崭新和新鲜的意义，要赠送礼物，穿新衣服。另一方面，它是第七大感恩节，要回顾过去一年系列节日的胜利完成，因此，举行包含数七的各种庆祝活动。"

诺鲁孜节的"拜火教"色彩在今日伊朗依然十分浓烈。这一节日之前的星期三，被称作"红色星期三"，也就是"跳火节"。根据拜火教的传统，新春节日在新年前五天开始，守护人类的神会在这五天内降临人间，因此人们要举行各种各样的仪式，并在自己的屋顶上点上一堆篝火，以迎接神的降临。一般来说，现在的伊朗人在院子中或街道上点起一把篝火，人们从火上面跳来跳去，并说一句"Sorkhi-e to az man. Zardi-e man az to."希望能带走疾病、厄运等等不好的东西。

作为波斯帝国强盛时期的国教，琐罗亚斯德教在中亚地区的传播曾经十分昌盛，它也曾经是哈萨克族先民所信仰的宗教之一。国内学者曾指出哈萨克族尚白、拜火的习俗均与琐罗亚斯德教有密切的关系，更有人认为纳吾鲁孜节正是琐罗亚斯德教的诺鲁兹节在哈萨克地区的文化传承：

"Nawrəz 来自波斯语 Nôrôz，这个节日当初曾是琐罗亚斯德教重要的节日，即春节。据说波斯语中的 Nôrôz 本是波斯神话里'王中之王'加姆希德规定下来的，节日也立在春分日。这一天标志着寒冬已去，春回大地，正午之神从地下返回人间。"国内学者毕桍在其论文《哈萨克神话传说里的波斯成份》写道，"Nawrəz 节至今在哈萨克民间沿袭着，成为哈萨克民间一个重要的传统节日。"

同样，哈萨克族所采用的传统历法，也来源于古老的波斯祆教历法：小阿维斯陀历。小阿维斯陀历新年的第一天是从北半球春分日的午夜开始。古波斯天文学家由中午时间观察北半球的太阳的高度来确定：如果在连续两个中午之间太阳的高度提升过它的天球赤道的高度，那第一个中午为日历年的最后一天，第二个中午则是下个日历年的第一天。换句话说，波斯新年（Nôrôz）即是北半球春天的开始。这一历法在萨珊王朝成为波斯官方历法，继而广泛影响了中亚诸民族，哈萨克民族也汲取了这一祆教历法的精髓，同样以春分日作为一年的伊始，称作"纳吾鲁孜"节。

纳吾鲁孜节从历史源流上，显然来源于古代波斯琐罗亚斯德教"七大节日"之一的诺鲁孜节，这也正是它作为节日的真正背景。虽然哈萨克族的纳吾鲁孜节已经淡漠了"拜火"的原始信仰，但仍然承续着若干波斯宗教的基本意蕴：如"纳吾鲁孜阔杰"中的七种成份，遗存了琐罗亚斯德教对于"七"这一神圣数字的信仰。它还是哈萨克历法继承古波斯祆教历法的现实表征。因此，我们对于纳吾鲁孜节的认识与价值判断，应该建立在这一独特的历史文化背景之上，而它的世代传承，也象征着人类古老文明绵延不断的血脉与生机。

九 郑成功：流放者归来

夜色四合，涛声如叹。农历正月廿七日，一场突如其来的大雾令厦门鼓浪屿陷入茫然失措的时空错乱。往返于鹭江两岸的渡轮戛然止航，原本灿若云霓的海滨夜景转瞬间便迷失了踪迹。光阴仿佛舒卷着倒淌回历史的最深处，曾经湮没飘零的前朝往事又如磷光渔火般历历浮现。几艘搁浅在沙滩上的老船俨然焕发出它们青春的神采：隐约的金鼓声中，飘扬的日月旗下，"国姓爷"郑成功的舰队就要破雾启航了。

迷雾中的背影

三十功名尘与土，八千里路云和月。

——岳飞《满江红》

晨雾未褪，风软潮平。鼓浪屿礁岩上郑成功的巨石雕像只是微茫地露出一道剪影，如大梦初醒前最后一瞥凝视。熙攘的早市声中，许巨星先生照例坐在龙头路口的老店里，要一碗五元钱的鲜肉鱼丸。近半个世纪以前，为纪念郑成功收复台湾三百周年，才从新加坡学潮中脱身返国的许先生，几乎赤手空拳地在郑军营寨的故址——日光岩下，营造起一座馆藏丰富的"郑成功纪念馆"。荏苒的光阴增值了古物的身价，连当年那些经他之手仿造的复制品，如今也被珍藏在玻璃橱柜里，坦然迎对着瞻仰者崇敬的目光。而鬓发斑白的老先生却依然道不尽郑成功的生前荣辱与死后声名。

"郑成功就像一块多侧面的水晶，折射着中国传统与现代的诸般信念。"许巨星信步走在幽深的巷子里，一边与相熟多年的老街坊不停地打着招呼，"他是孤臣与逆子，战将与儒士，彪炳史册的民族英雄衹。他在血液里奔腾着海洋冒险家的气息。郑成功或许是中国古代史上最后一位悲剧英雄，可惜的是，一种完全不同的中国近代史——面朝大海的商贸开放史，或许也因他的过早辞世而夭折。"

曾经是郑成功最早一方根据地的鼓浪屿，早已在近一百年的西潮涤荡下洗尽了戎马的征尘，花园洋房与钢琴管乐，拨弄着岛上略带些殖民趣味的"欧陆风情"。湿润的海风懒散地打发掉一天的光阴，老人们围坐在街心花园里耍牌消遣。日光岩下，故垒西边，一组青铜铸就的兵马雕像意欲还原那个时代的些微印象：把守营门的明朝武士与"博饼"游戏的郑军官兵。

1646 年，清军入闽。曾经赐予他"国姓"，并为其更名"成功"

（郑成功原名郑森）的南明隆武皇帝朱聿键败亡，父亲郑芝龙不战而降，母亲田川氏受辱殉难，甚至南京太学时代的授业恩师——一代大儒钱谦益也弃节仕满，儒家传统信仰中最为神圣的"天地君亲师"在一瞬间竟崩溃无遗。对于中国士人而言，没有什么比这一系列的打击更为沉痛。

时年二十二岁的郑成功如何挣扎在灵魂的炼狱里，如何直面精神与现实世界的双重沦陷而不得不挺身担当，这一段心灵史无人可以复原。不过，当他在孔夫子的庙堂前焚毁了儒者的衣冠，发出"昔为孺子，今为孤臣，向背去留，各有所用，谨谢儒服，唯先师鉴之"的苍凉慨叹时，支撑着这位悲愤青年的最后一点希望火焰，或许依然是儒家思想中"知其不可而为之"的血性操守，与"虽千万人，吾往矣！"的悲剧情怀。

于是这座弹丸大小的鼓浪屿便成为郑成功精神上的再生之地。虽然在21世纪某个清晨的雾气里，我徘徊于这孤岛上所见到的一切——爬满青苔的西式老宅、推着木板车运货的河南民工、小店里兜售叫卖的海螺与馅饼以及在"保生大帝"祠堂边打麻将的老人——都显现出一份安逸无争的桑榆晚景，但三百五十七年前，当"招讨大将军国姓"的旗帜高高飘扬于日光岩上时，鼓浪屿却曾是整整一代政治、军事、文化精英唯一的希望所在。它以一种青春的锐气召唤着反叛者殊死的追随，更以一种决然的姿态否认着历史的必然宿命，甚至当这场近乎绝望的抵抗最终湮没于所谓"康乾盛世"的赞歌唱颂中时，在中国底层民众的秘密帮会里，"国姓爷"郑成功依然是他们抛头颅、洒热血的性命托付者。

"三杯合自然。"距鼓浪屿二百余公里，漳州东山县博物馆的陈立群馆长拈起一枚精致的白磁酒盏，指给我看它杯壁上镌印的一行草书。这是从东山海域发现的郑成功沉船中打捞出来的遗物之一，据猜测与"反清复明"的天地会有些暗地里的关联。天地会流传下来的《三点革命诗》有"三点暗藏革命宗，入我洪门莫通风。养成锐势从仇日，誓灭清朝一扫空"的入盟诗，虽说天地会究竟与郑成功有多大的瓜葛，史学界仍广有争议，但"三杯"与"三点"之间的语义默契，多少令研究者有些答对了"江湖切口"式的暗自兴奋。

"那两艘沉船还在海边上，你们真该去看一看。"陈馆长摩挲着一尊锈迹斑驳的郑军铜铳，将目光投向窗外苍茫的海岸线上。

战船的灵魂

长风破浪会有时，直挂云帆济沧海。

——李白《行路难》

农历二月初二，正是大潮退落、渔家赶海的日子。东山岛上冬古村的女子与娃娃们在骤然伸展出百米开外的大滩上俯身搜寻着海货，几只小海蟹张惶地在乱石与杂物间四散奔逃，两根半埋在淤泥里的黝黑铁筒成了它们最好的临时避难所。螃蟹们其实正躲在郑成功战船的炮口之下，只不过三百余年的海底生涯，令这些昔日里喷火投弹的致命武器，早已经披挂起铁锈、泥沙与海贝胶合的盔甲，浑噩地泯然于海族的芸芸众生中了。

桑建平先生就住在海边的小棚屋里，负责照看这两尊铁炮以及泥沙之下更多的郑军遗物。2000 年 1 月 23 日，冬古村的两位渔民无意中发现退潮之后的海滩上有些隆起的异状，随后的初步发掘便现形了铁炮、铜铳、船板、制钱以及印有"三杯合自然"字样的瓷器细软。文物学家借由"永历通宝"的年号以及铜铳上铸印的"国"字（应为"国姓"之首字）标识，判定这是两艘郑成功时代战船的遗骸。作为对抗清王朝的最后一支残明势力，郑氏自克塽（成功之孙）从台湾归附以来，便在正史中销声匿迹，虽然身为"开台圣王"的郑成功在台湾民间依然香火鼎盛，又始终是汉人秘密社会"反清复明"的精神偶像，但终归以前朝余孽身份归降的郑氏政权，却极少能留下确凿的史料实物。大海总算为她昔时最宠爱的踏浪健儿保存下两船斑斓的旧忆：它令战船朽木的躯体得以安息，却让不肯永远沉默的灵魂浮出水面，以每一枚哑然的炮弹，每一片细碎的陶瓷，为一段被强权抹去的历史放声呐喊。

桑建平舀起一盆海水，冲了冲炮管上淤积的泥沙。在晨曦映照下，粗糙的铸铁炮身坚实而厚重。几位村民蹲在一旁，默默地注视着这两坨为他们的小渔村带来不小声名的铁疙瘩：据说一场电视直播的考古挖掘即将在今年初夏举行，又有消息说国家博物馆要在这里规划水下考古基地——沉寂过数百年光阴的冬古湾，或许又会有几分热闹好看了。

海涛声渐渐凑近过来，赶海的人们大多收拾妥当回村去了。最后几个出海的渔人踏着潮头，将收拢的渔网搬回岸上。泛着白沫的水波一层层地包围起那堆杂乱的战船遗迹，避难的小蟹轻快地逐水而去，一切仿佛又归于未知的混沌。惟有乱石当中的两尊铁炮，在被海水淹没的最后一个瞬间，仍然昂起它们锈迹斑驳的身躯，挣扎着向历史的深处轰击……

和西洋文化侵蚀日久的鼓浪屿相比，东山岛其实更保有郑成功当年横行水路的"闽海雄风"，本地民风也愈显得淳朴而强健。渔业仍是东山人最重要的生计来源，在大澳湾拥挤繁忙的渔港里，排成阵仗的木壳渔轮完全可以让法国马赛的游艇码头相形见绌。"舵灵吉利"之类的祈福咒语，仍旧白花花地写在海青色的船帮上，似乎几百年来从未改变。间或有载着渔获的小艇从大船的缝隙中游向码头，几名渔工抬着满筐的海鲜鱼蟹登上石阶，直接装进酒楼运货的小卡车里。从他们有力的臂膀与沉毅的面容，依稀还可想见当年"国姓爷"麾下水师士卒的神采风韵。

据《闽海纪要》等史书记载，自 1648 年至 1652 年间，郑成功曾多次"募兵于铜山（今东山）"。1661 年收复台湾之役，更有五百余名东山青年随军出征。出身于海商巨贾的郑氏集团与打鱼为生的船家水户本来就有着天然的血脉关系，清朝廷以暴力推行的"海禁"政策，更迫使靠海吃海的闽南渔民彻底倒向郑氏一方。因此，在数十年间纵横四海、所向披靡的郑成功水军与其说草创于厦门鼓浪屿，不如说大成于漳州的东山岛上。

东山县城铜陵镇外"九仙顶"——今日县气象台的背后，一块镌刻着"瑶台仙峤"的危岩兀然高耸。与鼓浪屿日光岩上的水操台相仿，它同样也曾是郑军将领操练水师的指挥台。在巉岩峭壁的荫庇之下，一座青烟缭绕的观音堂更为此间山水点染了卓然不俗的灵秀。负责照看庙堂香火的游松老人将我引到一处摩崖石刻的跟前，上面镌刻的是郑成功四十三员战将捐资重建观音堂的《仙峤记言》。在郑军阵营中权高位重者如洪旭、甘辉、张进以及日后的叛臣黄梧、万礼等人皆名列其间。将军百战死，壮士无人归。"永历壬辰岁"（1652）的年号在山岩上依稀可辨，而这些武人骁将所搅动的历史波澜却早已风平浪静。惟有这座小小的观音堂香烟如故，保佑着东山的乡亲父老安享几年无灾无难的太平时光。

东山岛始终是明朝海防的最前线，抗倭名将戚继光曾经在九仙顶屯兵设寨，"水寨大山"也因之而得名。熟读戚继光兵书战策的郑成功命令士兵负重操演，"求惯海之人，能狎风涛，耐劳苦"，而谙熟水性、膂力过人的东山渔民自然成了郑氏水师的骨干力量。沧海桑田仿如隔世，如今站在水操台顶举目四望，城郭人民大异于往昔。惟有海湾内停泊的片片渔舟帆影，似乎仍在等待着"国姓爷"一声令下，便飒然扯起战旗，亮出铠甲，朝向远方拔锚启航。

船是郑成功的生命，是他所开创一切伟大事业的根本。在大澳湾畔的东山造船厂，新鲜的刨花气味刺激着古老的回忆。几艘尚未完工、还保持着原木本色的新船，于夕阳的映照下焕发出黄金般的光彩，丝毫不掩饰其桀骜不驯的俊朗身材。

"古时的渔船更狭长一些，更需倚靠风与水的动势。"在造船厂工作了五十多年的老李师傅停下手上的活计，为我指点古今船型的演变，"但它们结构与性能的差别其实并不很大。"东山是郑氏水师造船的主要基地之一，就在这座船厂的地基下面，曾经发掘出昔日船坞的轨道与船舶的遗迹；而一种名为"大青头"的帆船——几乎就是当年郑军战船的嫡系后代——仍在闽海的波涛里自由地游弋。

趁着最后一抹霞光返照，工人们忙碌地用刀斧钻锯雕琢着船舷与甲板。粗木榫接的船体有如一具具肌肉强健的躯体，手工打造的凹凸纹理更令人温暖亲切。原来每一艘木船都有它特出的风骨与性情，一种在大工业时代的流水线上不复存在的独立灵魂。

"这恐怕是我们建造的最后几艘木船了。"抚摸着曲线光滑的船身，李师傅忍不住有些黯然伤怀，"成材的木料越来越少，想预订木船的渔户也没剩下几家。"他将手中的曲尺指向不远处另一个船坞："瞧，我们都要转行去造新式的铁壳船了，但它能算是一条真正的船吗？"

钢铁焊造的渔轮冰冷地背对着白发苍苍的造船师傅老李，正如历史最终遗弃了郑成功的光荣与梦想，将聚光灯下的舞台交给了拖着长辫粉墨登场的满洲旗人。但郑成功出演的这场大戏从来也没有真正落幕，"丁无可如何之厄运，抱得未曾有之孤忠。"它始终在中国的民众心中奏响异端的战歌。残阳如血，那几艘金色的木船像是要燃烧起来，在恢宏的暮色里，成百上千艘战船的灵魂在海风中唱和。

故乡的云和花朵

田横尚有三千客，茹苦间关不忍离。

——郑成功《复台诗》

厦门大学的足球场刚好坐落于郑成功曾经操练过水军的演武场故址，半月型的看台上方是一列气度凝重的教学楼，有如几位督操观演的巨人。海滨的"演武路"从校门外斜掠而过，悄然提示着本地的历史渊源。"李自成、多尔衮与郑成功都死于39岁的年纪，这种历史的巧合其实很堪玩味。"厦大历史系的杨国祯教授说，"他们分别代表着中原农民、北方游牧民族以及东南海商的政治势力。虽然历史不能以假设立论，但其中任何一个人赢得了战争的胜利，都可能将中国带到一种完全不同的历史轨道上去。"

1659年，郑成功规模最大的一次北伐以失败告终——虽然他曾那么临近了胜利的边界。"十万健儿天讨至，雄心激似大江潮"的豪情壮志付诸流水，退守金厦乃至东征台湾成为郑氏政权不得不走的一步残棋。在他人生最后的三年里，以从荷兰人手中收复台湾的功勋而彪炳史册。

有明一代，试图打破中华帝国"黄土天下观"的两位大航海家都姓郑：明朝初叶的三保太监郑和与明末的"国姓爷"郑成功。如果说郑和下西洋的巡洋壮举还笼罩在"中国"对"四夷"宣抚怀柔的朝贡制度之下，那么郑成功的海国观念却与同时代的西洋列强更为接近："据险控厄，选将进取，航船合攻，通洋裕国"，始终是郑氏政权建立与维系的策略。他不独被南洋各国的华侨目为至高领袖，还与日本幕府以及荷兰、西班牙、葡萄牙殖民政权之间保持着商贸往来，甚至一度完全垄断了中国的海外贸易："凡海舶不得郑氏令旗者，不能来往。"（连横《台湾通史》）更有史家根据郑氏遗留的未竟方略推演，倘若郑成功多得几年阳寿，"南洋"列国的政制风貌或许会迥异于今日的格局。

郑成功对军事制海权、海外贸易权等方面的远见卓识，不单远非昔日"恐海抑商"的政府所能比拟，甚至晚生二百多年后的中国现代政治家，也要在饱受闭关自守的辛酸之后，才算体悟到"开放强国"的硬道理。曾经被郑成功命名为"思明州"的厦门岛上，如今仍有一条繁华的商业大道，以"思明路"的名义纪念着一场年代久远的复国残梦。而在历史的后视镜里，明或者清都只是一段朝兴暮止的墓志铭而已。帝制王朝的背影早已随雨打风吹去，闪亮的店面招牌正昭示着中国前所未有的全球贸易时代的到来。

画着"郑"字商标的"国姓爷"牌"成功茶"，算是厦门的海商后裔对郑成功最全面的纪念与征用。这种将茶叶放入蜜柚中烘焙而成的"柚茶"，据说曾是郑军攻台时避瘴疗疫的秘药，如今更被当作价值不菲的旅游纪念品，用印有"劝荷兰殖民者投降书"的纸张包裹着，再装入一尊尊铁炮形状的锦盒里。"成功"这两个字在厦门街头巷尾的广告牌上焕发出诱人的光彩：不过不再是朝不保夕的明朝皇室对夺回政权的一帘幽梦，而是卡拉 OK 厅里小老板们发动商战时的狂热歌声："成功啊成功，爱拼才会赢！"

郑文芬小姐是"国姓爷"牌"成功茶"的商标持有者之一，她也是郑氏宗族某一支系的后人。每年清明前后，郑文芬都要随同家人，回到漳州南安县石井镇上的延平郡王祠，为先祖郑成功在天的英灵烧几张香纸。这座在盖满了瓷砖楼房的镇子里显得古色古香的宗祠，年年召唤着散落四方的郑氏后人回乡祭扫。大陆、台湾乃至郑成功在日本胞弟田川七左卫门一脉的后裔，都将这里视作宗族血脉与亲缘的根基所在。

宗祠的管理人郑万天先生摊开一本郑氏宗谱，为我指点郑成功在这个枝繁叶茂的大家族里的节点与传承："自从郑克塽归附清朝，举家迁往北京以后，宗谱里就不再有郑成功直系后裔的记载了。"万天先生神色有些黯然："这些年来我们虽多次求访，但始终没有得到确凿的消息。"史载北京西便门外的羊坊店，曾埋葬了郑成功的几位子嗣，但如今那里林立的高楼早已抹平了一切历史的痕迹。

郑万天的几许无奈，很快便被他身边玩耍的小孙子扫灭一空。这个名叫郑奕豪的娃娃，算起来已经是郑家第二十三代子孙。虽然他懵懂的年纪上，还不太懂得这一叠厚厚的族谱与自己有着怎样的关系，但祖先的光荣与梦想正是在这种自然的繁衍延续间默默地传承。万天与奕豪祖孙二人，在撒满阳光的宗祠院落亲热地依偎在一起，而巍峨的殿堂中，缭绕的香烟里，"国姓爷"郑成功的雕像也若有所思地默然微笑。

又是黄昏日落时。我坐在龙海石坑村外一座古堡残墙的端头，高高地俯视着波涛初涌的金色大海。厦门岛在远方的海平线上跳珠跌宕，清冽的阵风飒然吹起，漫坡里一人多高的茅草金戈铁马般地呼啸着。三百多年前，郑成功夯筑起这座坚固的铳城，和与之互成犄角的鼓浪屿一道，警觉地守望着家园的界线。岁月剥蚀，容颜苍老，却没有什么能湮灭它挺立的身姿。当它脚下的古老村庄在经济热潮中褪变成厂房林立的"开发区"，当它注视着巨型集装箱被装上远洋巨轮，开赴遥远的天涯海角，这位曾与郑成功的命运休戚与共的老兵，这座曾被流放在历史边缘的城堡，随着商船远行的汽笛声，将会在明日的晨曦里如春花般怒放。

十　山水苗裔

悠悠太初头年份，最初最初古时期；草草芭茅还不长，花花野菜还不生；天上还没有造就，地上还没有造成；没打银柱来撑天，没造日月来照明；什么都还没有造，不知生些什么好！

——苗族古歌《开天辟地》

上篇：古歌的余韵

昏黄的两盏电灯从高高的房梁上垂下来，忽明忽暗地闪亮着。自酿的米酒摆在桌脚旁，堪堪已喝掉一斤有余。酸汤又端上一碗，浮在汤里的菜叶子泛着星点的油光。施洞镇上最有名的歌师刘八九和他才从深山里下来的老哥哥陶醉在"开天辟地"的喜悦答问里，

沟壑纵横的老脸上灵光绽放，浑然忘却了白日里田间活路的辛苦，以及围坐左右几个听不懂苗语的汉家访客："盘古公公英雄汉，说起话来像雷鸣，眨眨眼睛就闪电，呼吸变成东风吹，眼泪汇成清水流，头发变成柴和草，久久撑天太久长，身子散架纷纷落，盘古死后变山坡。"

但《开天辟地》就这么在酒桌上轻松地唱着，接下来还有《打

黔东南镇远古镇

柱撑天》《铸日造月》《洪水滔天》《兄妹结婚》……早已湮没在汉民族文化记忆深处，抑或早已被现代科学观念所置换的宇宙与人类起源的终极命题，在子女亲戚们轻轻的唱和中，从苗族老歌师的心里滚滚滔滔地奔涌出来，一如数百上千年前，这古歌曾回响在苗人流亡迁徙的迢迢山路上，与篝火芦笙相伴，纪念他们的蚩尤先祖茫远无踪的中原故乡。

歌唱了一夜。第二天是施洞镇上传统的"姊妹节"，近年来被台江县里开发成旅游项目，冠之以"东方情人节"的名号，在省内外有了不小的名气。早晨，刘八九的妻子从内室搬出一个沉沉的木箱，拂去灰尘，从里面层层叠叠的纸包和塑料袋里取出一件又一件纯银打造的项圈、头饰、腰带、披肩，给才从县城归家的女儿幺妹披挂整齐。我们在错愕中见证了一个在西装包裹下其貌不扬的苗家女子，如何因本族盛装的加身恢复了她美丽甚至高贵的姿容。相约与幺妹同去清水江边踩鼓踏歌的汉族少女一脸艳羡，她只能在发髻上包一幅苗式的头帕稍作比拟，而我则再一次陷落在文明失据的民族困惑里，徒然思索着拿什么来彰显自己作为汉民族一份子的身份象征——凭我标准的北京口音、一身美式牛仔的装扮或掌中那套日本产的数码摄像机吗？

施洞老街的乡场上，丝线、银饰与刺绣的纸样永远是抢手的货色，银匠、染工与剪纸的艺人们一年到头生意兴隆。"有些汉族朋友嘲笑我们饭都吃不上，还要花几万块钱打造银饰。"幺妹在头顶插上一支闪亮的银角，仿如旧时的公主行完了最后的加冕礼，"但我们苗族就是这样，一代一代地攒起一身银装，又一辈一辈地传给家中的女儿们。"相传苗服上繁丽的刺绣花样勾画着苗族几千年来的迁徙路线，而头顶分叉的角饰则用以纪念他们的始祖蚩尤（汉族古书《述异记》里说他"头有角，与轩辕斗，以角抵人，人不能向"）。文字缺失的苗人凭古歌、祭典与衣裳记载他们颠沛流离的民族历史，虽不若汉族典籍之汗牛充栋，更因为口传的辗转与图纹的走样而不足以一一验证，但它却是活在每一个苗人个体生命里的"心灵史"，一如《格萨尔王》之于藏人，《江格尔》之于卫拉特蒙古人，或者《玛纳斯》之于柯尔克孜人，并借此嘲笑所有靠寻章摘句、引经据典来考较"历史真实"的学问家们——口口相传的苗族古歌依然传颂着蚩尤败而不屈的战绩："格蚩尤老同仇敌忾，率兵勇猛再冲杀，敌众我寡不能胜，格蚩尤老牺牲了。……凡我子孙所到之处，将他们铸成像供庙上"（《苗族古歌·蚩尤与苗族迁徙歌》）。而巍然耸立在陕北塬峁上的黄帝陵却终年只有寒鸦为伴，除了历朝政客们为标榜王权的正统偶来祭扫，它早已不再是轩辕氏后人心灵的皈依之所。

清水江如一条黛青色的缎带，蜿蜒舒展于黔东南的北部，折入湘西，汇于沅水，奔去长江，古来便是苗人自江汉平原迁徙入黔贵山区的重要孔道。而以施洞为中心的六七十座苗寨山水相依，掩映在苍翠的山林里，恍若与世无争的桃源仙境。旧称"河边苗"的这支水乡苗裔从来都是操舟弄桨的好手，扬帆顺水须臾可达湖南沿江的各县，因此不但在经济上富甲一方，在文化大节上也堪称贵州各支苗族中的翘楚。甚至早期来此行商的汉人也有不少渐渐归于苗籍，成为其他地方少有的"汉苗"。

如此不凡的地理优势与文化强势，使清水江边的苗族民众自信满怀，挺拔不屈。清朝咸丰、同治年间，苗人张秀眉率领本地民众揭竿而起，反抗清暴政，在黔东南转战十七年，令素以骁勇著称的湘军闻之色变。苗族的"反歌"《张秀眉之歌》百多年来一直传唱着这位英雄的故事："大家齐拢来，来选带头人。选得了英雄汉，找到了带头人。他就是不高不矮的张秀眉，他就是和我们一样的张秀眉。"
同治十一年，张秀眉兵败被俘，在长沙不屈就义。"这世我去了，二
世再转来。转来杀官家，收回山坡种树子，夺回田地种庄稼。子孙
繁荣像鱼崽，世世代代乐无边。"清水江畔的苗众默默等待着张秀眉
的重生再起，并将《张秀眉之歌》悄然倾注在每一个苗寨歌师的念
唱里；苗族女子则用手中的剪刀、绣针和丝线将张秀眉和他的将领
们铭记在剪纸、刺绣的纹样里，使他们如古歌中的人祖姜央、苗祖
蚩尤一样为后人所纪念。

　　清水江畔的沙岸上已经挤满了盛装的苗家女子，随着木鼓的敲
击声恣意地舞蹈着。幺妹和她的姐妹们款款走下坡坎，融入人潮，
瞬间不见了踪影。陆续还有更多的乡民乘坐木壳机帆船从两岸的村
寨朝这里赶来，虽然有不少举着相机逡巡往返的外乡游客，但民间
节日质朴火热的气氛依稀如它旧日初张的样子。苗族的青年男女们
越来越少在这样的场合下寻觅他们的意中人了，送给情郎的五色糯
米饭大都让兴奋的游人吃个干净，倒是来自十里八乡的女子们将这
片不大的沙坝当作她们争奇斗艳的竞赛场，踏歌起舞，载欣载奔。
击鼓的妇女无论年齿长幼，大都面露坚毅不屈的神色，鼓声铿然有
杀伐之意。四方围合旋转的女人环饰丁当，恍惚间有如银盔银甲的
战士。有云这身貌若戎装的银衣古时的确是苗族男子的征袍，后来
渐渐变作了女子的嫁妆，然而甲胄的形制宛然还在，妇女们盛装起
舞时依然散发着金戈铁马的气息。刘八九与他的歌师伙伴们身着蓝
缎长衫，头戴黑色礼帽，缓步穿行在舞动的人群里，口中唱着古老

的苗歌。他们目光炯炯，步履威严，似乎要将千年的灵光接引到这举族狂欢的舞阵里，如针线般将古今与四方的苗人牵合在一起。

傍晚，喝得烂醉的山村老歌师告别了刘八九一家，独自走回他的大山里去了。十年前他在坡上架椽起屋的时候，曾经连唱了十一个昼夜的古歌，让祖先们尽享新居造就的荣耀，如今这歌声的答问已渐渐少了对手，更少了少年人倾听思慕的目光。他在家里用一台破旧的录音机录下五十多盘磁带，冀望这传习了千年的苗家诗史能够在他的身后继续流传：

六对爹妈爬高山，西迁来找好生活。在那悠悠最远古，野菜花花初初绽。爹娘住在海边边，九千山坡的东面……

以苗家女红开始的篇章却以苍凉的古歌收尾，我暗自庆幸于这种心路的偏移。

下篇：馆藏的青山

黔西北的苗岭山区似乎暗藏着一股生涩的苦味。从六枝特区的煤烟路上往山高处走，干燥的土色与稀疏的植被令人联想起千里之外的黄土高原。又是一个少雨的春季，山头寨子里的一眼深井几乎无水可打，几个年轻的苗族女子倚着木桶无可奈何地呆站着。见我们过来，胆大些的一个轻声地问道："给你们盘头发和穿苗装看好不好？每人十五元。"

我们是在梭嘎乡上一个叫陇嘎的寨子里，换句话说，我们是站在中国与挪威合建的"贵州梭嘎生态博物馆"露天的展览厅里，而馆藏的展品，就是此间"长角苗"日常的生活状态。自从两百多年前这支孱弱的苗族小宗因躲避战祸潜入苗岭深山的腹心地带，他们就日出而作，日落而息地幽居在莽莽的山林里，极少与外人接触。虽然自名为"箐苗"，也就是"山林苗"的意思，但头顶上佩戴的一副两尺开外的木角格外引人注目，使"长角苗"的诨号更为左近的外族所知。近几十年来，随着苗岭的深林老林被砍伐殆尽，这个逐渐裸露在荒山秃岭上的小小部族再也无法继续原本与世无争的生活。特别是九十年代中期，梭嘎山寨成为中外合作的第一家"生态博物馆"，一种前所未有的文化冲击彻底打破了这里亘古的宁静。

正是山上种苞谷的季节，寨子里的成年男女都去田间劳作了。十二岁的女孩熊壮艳和她的小姐妹杨梅、王飞被歌舞队的熊队长找来，为我们展示"长角苗"独具一格的发饰与服装。对她们来说，这无非又是一批花钱来看梳妆的游客，如同月月不断的旅游汽车拉来的那些外地人与外国人，匆匆而来，匆匆而去。熊壮艳她们是陇嘎寨子里受外来影响最大的一代人，从他们记事的时候起，这个荒僻冷清的山寨就开始热闹起来，修了路，通了电，还开办了小学校和卫生所。一个漂亮的院子新建在寨门口的平坝上，是博物馆的办公室和展览厅，也是陇嘎寨不同于其他山寨的神圣标志。远道而来的参观者举着照相机，对着寨子里的各种什物瞄来扫去，破烂的茅草房也因此被当地政府修葺了一番。当然最受欢迎的还是妇女们硕大的长角和山包一样盘在头顶的发辫，由于这种装扮一般要到年节才正式上身，所以平时来寨子里的游人有时愿花点钱，找几个苗家女子打扮起来，拍照留影，以示不虚此行。短短几年的时间，这支四千多人的"长角苗"部落如同穿过了一条跨越古今的时空隧道，从刀耕火种的初民社会一步跃为名播海外的文明样板。"梭嘎生态博物馆"像一块小小的试验田，探索着中国少数民族信仰与文化传承的道路——虽然这道路从来都不平坦。

几个女孩子在长辈的帮助下盘拢着头发，将一大蓬毛线织成的假发缠在头顶的木角上。阳光洒在她们年轻的面孔，流溢着不经世事的青春光晕。足足花了一个小时才梳妆完毕的熊壮艳两手叉腰，微笑着任由我们拍摄她的衣衫发式，在不被别人听见的时候却轻声对我说："我还是喜欢穿你们的衣服，我们的太麻烦。"今年12岁的她在村小学上三年级，学会了读书写字，却不再钟情于纺线、织布和蜡染的传统手艺，而即便是长她五六岁的姊辈，如果不会这些看家的本领，恐怕连婆家都寻不到。几个青年人坐在熊队长的屋里，随着电视里的流行歌曲轻声哼唱着，在没有被招呼来照相的间隙，装扮好的女孩子也会一溜烟跑回房间，看着电视里的画面出神。如果说黔东南清水江畔的"河边苗"以他们开放的心胸、强有力的文化底蕴和绚烂的盛装银饰令世人赞叹，梭嘎的"长角苗"却呈现出一种如朝露般柔弱、单薄的美丽。长期的物质贫乏与精神压抑造成了他们沉默内敛的文化气质，难以自给的经济状况也未能构建一种发自内心的文化自信。在无人干扰的情况下，他们保守地延续着祖上的信条，甚至缔结婚约也只在"长角苗"十二个寨子里轮转，绝不与外族发生血统的混杂。而一旦强大的外部力量带着无法抗拒的诱惑涌入这个不设防的山寨，古老的文化习俗与生活方式便如阳光下的积雪般迅速消逝。即便是我们刻意以"博物馆"的理念和方式保存它某些典型的人类学特色，逐渐被外来文化所置换的内在价值观却可能将这种族群特质当作展示性的营利手段，而不再是发自灵魂深处的生命必需。这确乎是一个两难的悖论。

熊队长请我们在家吃午饭，油肥的腊肉和清淡的酸汤已经是这个寨子里上佳的美味，而令我口感新奇却又难以下咽的却是他们的日常主食——一大碗玉米磨成的苞谷饭。生存环境的恶劣使梭嘎苗族迄今未能摆脱贫困的面貌，这又使得"生态博物馆"的美好蓝图与"长角苗"挣扎求生的现实状况多少有些尴尬的脱节。我始终以为，一个民族的文化自觉应当是建立在经济自足与文化自信的基础之上的，舍此而营造的"原始文明乌托邦"大多是一种海滩上的沙堡。文明是一种纵向的继承，文明也是一种横向的比较和选择。一个有能力创造自己未来的民族不单要有足够的空间和权利传承本民族的文化遗产，还要有足够的胸襟和视野去观察、汲取其他民族的文明成果。从这个意义上说，黔东南清水江畔的"河边苗"更具有建立在文化自尊基础上的发展潜力：他们在与外族的长期交往中不断调整自身的姿态，在肯定本民族核心价值的同时借鉴其他民族的文化优势，这使他们在继承传统与求新思变的二元心态上实现了一种动态的统一。而长久闭塞在深山老林里的"长角苗"还未能摆脱其蒙昧的生存状态，如果将他们强行定格在"文明活化石"的某一阶段，拒绝其变革与发展的可能性（哪怕是打着保护文化多元性的大旗），都并非是一种有益无害的主张。当熊壮艳和她的同龄人开始通过电视或外来的旅游者了解外面的世界之后，我们没有任何理由阻止他们对大山外面生活的向往，强求他们像父辈一样，杀鸡看骨，卜筮吉凶，或是像他们的母亲一样，十三四岁就画蜡织布，嫁人生娃，继续那种原始农业时代"原汁原味"的生活。

无论是对欧洲的文化精英还是对贵州山区的古老苗裔而言，文化的多元性都应当以理性为原则，以自觉自主的传承为依托，而不应满足于所谓的"文明社会"对"半开化种族"的猎奇观光或者"学术兴趣"。这正如我们不能以"足文化多样性"为由要求中国妇女维系缠足的传统，或者仅仅因为"古老的祭祀遗风"而保留某些原始部落"猎头"的旧俗。从积极的角度来看，"梭嘎生态博物馆"的设立的确为生活在这一区域的苗族支系带来了前所未有的发展机遇，提供了一个梳理、评估本民族传统文化价值的珍贵契机。虽然这还需要梭嘎的"长角苗"山寨里成长出有知识、有思想的"文化领路人"，靠他们自己的努力来牵引四千族人生存与发展的未来方向，但看着熊壮艳和她的朋友们在我的记事本上整整齐齐写下的字迹，我猜想这一天可能并不遥远。

下山离去的时候，几十个苗家的媳妇、闺女正坐在寨口小学校的操场上，听六盘水市来的"科技扶贫队"宣讲养牛和农作物种植的新技术。妇女们长短参差的木角和素雅的土布花衣在群山的映衬下别有一番风韵。早已经摘掉了发套的熊壮艳也在其中，见我们的车过来，轻轻地招了招手。寨子里的炊烟随着山风悄悄地升起了，远远的山塬之上，傍晚的阳光将她的笑容打造得像金子一样。

辑二　在异域文明穿行

一 罗讷河：法兰西父系的血脉

一条伟大河流的使命是塑造一种文明的风骨。尼罗河之于埃及、恒河之于印度以及黄河之于华夏文明莫不如此。法兰西文化虽然极盛于以巴黎为中心的塞纳河畔，但其血统却是循着另一条丰饶的河流——罗讷河，由地中海沿岸逶迤北上而渐次成就的。

作为一种渊源复杂的中古文明形态，法兰西在其最深沉的民族底色上，或许还保留着凯尔特人所缔造的古高卢文化痕迹，但是当公元前 58 年，尤利乌斯·恺撒率领的大军沿罗讷河谷深入到阿尔卑斯山区的时候，一种来自罗马帝国的父系血脉遽然征服了古老的文明母体，并在罗讷河两岸的城市与乡村里慢慢滋生繁衍。

恺撒的高卢之战彻底改变了法兰西一方水土的文明走向：拉丁语文、基督教信仰与葡萄美酒都是直到今日我们依然在承袭与享用的鲜活遗产。而沿着罗讷河谷的一次奇妙旅行正可以回溯这两千多年的时光流转，看历史的变迁如一幕幕光影幻现的老电影，顺着奔腾不息的河水汇入烟波浩渺的人类文明海洋。

里昂：罗讷河之子，高卢之都

里昂位于罗讷河与索恩河之汇合点，以及古罗马各大道的交叉处。铁、玻璃和陶瓷工业之发达，使里昂在公元第 1 世纪时，就能维持 20 万人口。

——威尔·杜兰《世界文明史》

清晨的里昂尚沉湎在惺忪的睡意里，有轨电车铿然作响地划过街头，梦一般地消失在某座教堂的一角。罗讷河边的林荫便道上已经忙碌起来，露天的早市沾着水灵灵的雾气逢迎着往来的过客：奶酪、蔬菜、腊肠，当然还有法国人的第二生命——长棍面包与鲜花。

"没有鲜花的市场还能算是市场吗？"麻利地为顾客绑扎花束的皮埃尔抬起头来问我，"花儿是法国集市的灵魂！"他总在天不亮时就载着满车花朵到罗讷河畔安营扎寨，一枝玫瑰，一捧雏菊或者一篮子薰衣草，皮埃尔为他的新老主顾精心设计每日的花色，庄重得仿佛伊夫·圣洛朗在为巴黎的顶级名模们制作新装。奶酪贩子德维勒将他的几十种干酪依次摆在粗糙的木架上，背后是他自己绘制的风景油画。"你竟对奶酪不感兴趣？"他惊恐地瞪着我，好像遭遇了一头毫无品位的驴子，"单凭这一句话，你就可能成为法国人民的公敌。"还好，我对草莓和李子的热爱赢得了隔壁女水果商苏菲的芳心，"葡萄、橄榄、番石榴、甜瓜……你想得到的所有美味！"苏菲骄傲地赞美着罗讷河谷的丰饶，让她一年四季都有顶新鲜的瓜果摆在篮筐里向人们叫卖。

是的，里昂。法国的"美食之都"里昂，欧洲的"丝绸之都"里昂，罗讷河与索恩河的长子里昂，在春天的晨曦里展露着欢愉的神色，若有所思地追忆他往昔的荣光。古罗马时期，这里曾是整个高卢地区的首府，二十万人熙熙攘攘地生活在两河的交汇地，制陶、打铁、炼造玻璃，以及各种牟利的营生。富有的高卢公民组成议会，讨论法律和道德的贯彻以及拉丁文法的韵律问题；贝壳型的露天剧场刚刚落成，从罗马新传来的剧作还没有完成排练，迫不及待的市民已开始探讨合唱队的风采。鲜花、水果和葡萄酒装点着每日生活的情调；首饰、香水与绫罗绸缎在妇女的心目中并不比今日来得逊色。而在那段令里昂闪耀着夺目光辉的流金岁月里，巴黎还只是一个名叫"吕苔斯"的小小渔村而已。

时光裹挟在罗讷河湍急的流水中悄然逝去，恺撒的行辕早已无迹可寻。曾经是故城中心的古罗马露天剧场于萋萋芳草间如一座文明的墓葬。而在满城烟红火色的旧屋檐之上，一根号称"欧洲第一高楼"的圆柱形塔楼傲然矗立，昭示着里昂对法兰西父系血脉的当代传承。它秉承了一种迥异于巴黎之媚的雄性气质：近世以来，从纺织机械革新者雅卡尔、热气球发明家蒙哥尔费，到电磁学奠基人安培以及电影之父卢米埃尔兄弟，这些张扬着科学精神与技术文明的高卢汉子或许正是两千年前里昂街头玻璃匠、烧陶工和打铁者的后人，他们沉静地将一种从火焰中提纯的坚硬品质铸入法兰西民族的血液，使其历经危亡战乱而始终岿立不倒。

在里昂，舞文弄墨的作家也都是英勇无畏的勇士：以《小王子》这部当代童话故事享誉全世界的小说家圣·埃克苏佩里，也是"二战"时期的法兰西空军战士，为抵抗纳粹的侵略而战死在疆场；另一位高踞于里昂名人墙上的法国文艺复兴运动领袖拉伯雷，也曾为他的代表作《巨人传》，险些被颟顸的天主教会烧死在火刑柱上——而那些在黑暗的中世纪里纵声歌唱的巨人们，正是迅猛燃烧在高卢旷野上的人类解放的自由烈火。

"我们是高康大与庞大固埃（《巨人传》中的主人公）的嫡系后裔！"一家里昂土风菜馆（Bouchon）的老板骄傲地向我表明身世。他指的是这些小馆子里大碗喝酒、大块吃肉的古老风情："芥末香肠，肉填小肠，熏牛舌，咸猪脚，青豆猪脊，浓汁牛肉，大肠，灌肠，小肠，火腿，箭猪头，萝卜腌野味，烤鹅肝，油泡橄榄……最后是大量的酒，因为怕噎住喉咙。"（《巨人传》第四部第 59 章）

这些曾刊载在《巨人传》里让穷苦人也能精神会餐的荤腥菜式，五百多年后依然照登在里昂土菜馆的餐单上，不在乎有志减肥的食客们如何神情沮丧地面对一大盆油汪汪的红烧蹄髈。

虽然越来越多的里昂名餐馆选择了追新求异的时尚化路线，但这些绽放在街头巷尾的小饭馆们却继续坚守着自古以来的烧饭规矩，不为"卡路里""胆固醇"这些揪心败兴的新名词所动。"你当然可以去保罗·博古斯的连锁饭店看他们漂亮的女厨师如何切菜和烤肉。"土菜馆老板一边煨着他的蹄髈一边对我说,"但要想吃到真正地道的里昂风味,喝到最纯正的罗讷河美酒,还是得来我这里的小菜馆饱餐一顿。如不吃饱,谈何吃好呢?"他说这句话时的自得之情,像极了我在国内最喜欢的几个川菜厨师。

阿维尼翁:教皇的老宅与小丑的面孔

全法兰西都在我们的大教堂里,就像整个希腊都缩小在巴特农神庙里一样。

——罗丹《法国大教堂》

阿维尼翁的夜色如蓝宝石一般纯净,皎洁的月光洒在狭长的巷道上,为古老的砖墙染上一层淡淡的银色。六百九十四年前的某个夜晚,年迈的教皇克莱蒙特五世站在一扇开启的小窗前,悠然回想他从首都罗马出走这座边远小城的伤感旅程。作为一名被意大利人的仇恨目光紧紧窥视的法国波尔多人,他不得不决定将他的教廷搬到一个较为安全的地方。

拥有着罗讷河唯一一座桥梁的阿维尼翁成为教皇新居的首选之地:它是普罗旺斯的北庭,又是罗讷河谷的腹地,既可以循着水路上通里昂，下达马赛，又能够随心所欲地享用四时不断的佳肴美酒，更与政治上的靠山法兰西国王互为犄角之势。此后一百多年的时间里，九任正宗或不那么正宗的教皇相继在此驻锡，不间断的大兴土木将小城阿维尼翁缔造成 14 世纪欧洲基督教的首都——按照历史学家们的刻薄说法，它也是当时的"艺术重镇、情色老巢与贪污贿赂者的权钱交易所"。

曾经金玉满堂，也曾破落成兵营马厩的教皇宫在静谧的月光下守护着它的神迹。中世纪的城堡与教堂掩映在波光粼粼的罗讷河上，几乎显露不出时光的流变。"在高大内堂的顶部，在深处，有一缕阳光投射进来，在整个大堂里放射光明，而且越照到低处，越是变得宽阔而薄明；我们会以为，在这柱的上方，在这石头的天空，有一片孕育着暴风雨的云。"（罗丹《法国大教堂》）一百年以前，罗丹徜徉在法国各地萧条破败的罗曼与哥特大教堂内外，吸纳中世纪艺术的精华，也为这些光芒黯淡的荒野祭坛再度赋予生命的灵气：

"全法兰西都在我们的大教堂里，就像整个希腊都缩小在巴特农神庙里一样。"那些以砖石为音符谱写成的圣歌仿佛在告诉我们：法兰西民族曾经舞蹈在信仰的塔尖上，他们只差一步就可以够着天堂，但享乐的美酒与盛宴又让他们返归尘世。而阿维尼翁——中世纪浮华绝代的"巴比伦城"，今夜竟素朴得如一曲无调的短笛。

"在阿维尼翁桥上，让我们一起跳舞；在阿维尼翁桥上，让我们围着圆圈跳舞。"法国孩子各个都会哼唱的这首古老童谣，在阿维尼翁午夜的断桥边幽幽地回响着。这座曾经横跨罗讷河两岸的大石拱桥，据说是十二世纪一位名叫贝内泽的牧童借由耶稣基督的指引修建而成的。当他奉主的召唤，将一块重逾半吨的巨石从阿维尼翁市长的庭院搬到河岸边时，被神意所慑服的民众纷纷慷慨解囊，并积十年的苦工成此修桥的义举。以牧童名字命名的"圣贝内泽桥"作为阿维尼翁的奇迹彰显了八百余年，也为它带来滚滚的财富。虽然二十二孔石拱如今只剩下残缺的四孔，却依然不减其长虹贯日般的雍容气度。

具有讽刺意味的是，那位曾协助牧童修筑"圣桥"的阿维尼翁市长，竟是法国最声名狼藉的情色作家萨德侯爵的先祖：路易·德·萨德。虔诚的萨德市长大约无论如何也没有想到，神圣的教皇们将舍弃罗马，莅临他卑微的小城一住就是近七十年，一场基督教的大分裂与大变革也将由斯兴起；而他的后人更将惊世骇俗地挑战宗教的规条与欲望的极限，作为邪魔的象征幽禁于巴士底狱，复被二十世纪的激进青年们当作性解放的革命先驱顶礼膜拜着。

不错，二十世纪的激进青年们竟将沉沦已久的阿维尼翁再度复兴起来，这确乎是另一个当代的奇迹。1377年，当最后一位阿维尼翁教皇格列高利十一世将教廷迁回罗马之后，宗教的容光也随即在本地悄然散灭。此后法国大革命的风潮更扫灭了教皇宫内一切的铅华，将这里还原作罗讷河谷荒凉的边镇。直到1947年，年轻的法国戏剧家让·维拉尔创办了阿维尼翁戏剧节，将每年七月的仲夏之夜当作万民狂欢的艺术盛典。半个多世纪以来，全球各地的剧团将狂放不羁的戏剧表演祭献给这座古城。小丑们载歌载舞地游行在街边地角，民间艺人摆地摆摊，琴曲飞扬，教皇宫外的广场再度成为万众欢腾的圣地，不同的是再没有红衣主教往来于宫中的秘道，再没有买卖圣职者手捧钱袋的贪婪面孔。隔着滔滔奔涌的罗讷河与将近七百年的悠悠岁月，艺术与民众终于成了阿维尼翁的真正主人。

如水的月光下，九位白发苍苍的教皇在阿维尼翁的断桥边围着圆圈跳舞。东方已近微明，罗讷河翻卷着波涛向广阔的普罗旺斯大地奔流而去。一张小丑的面孔倒映在水面上，呈现出历史沧桑而又荒唐的笑容。阿维尼翁的戏剧无时不在上演，我们不只是围观的看客，也是粉墨登场的演员。

天亮了，该出场了。

阿尔卑斯山：雪国的黄昏

无论在哪个时代里，阿尔卑斯都是我们灵魂的避难所。

——安娜嬷嬷

傍晚的阳光撒在梅杰夫小镇的山岗上，尚未完全消融的积雪如同熔化的金子般反射出灼目的光芒。心情快活的安娜嬷嬷手中抓着一大把老旧的铜钥匙，昂然走在湿滑泥泞的小路上。十数座中世纪小教堂的木门被她轻轻开启，沉醉在夕阳光影里的古老圣像向她颔首微笑。山谷间偶尔有脚踏滑雪板的人撑着雪杖从安娜的身边溜过，她总是向他们挥挥手，钥匙环在半空中叮当作响，和着晚风与教堂的钟声回响在阿尔卑斯山雄浑的暮色里。

"对我而言，阿尔卑斯山不仅仅是豪华的滑雪场和热闹的登山胜地，"安娜嬷嬷望着山脚下在晚霞中亮起灯火的梅杰夫小镇，目光坚定地说，"每一条山间小路上都留有古代朝圣者的足印，它保存着我们祖辈最虔诚的信仰，也仍将安抚那些被劳碌的生活折磨得疲惫不堪的心灵——无论在哪个时代里，阿尔卑斯都是我们灵魂的避难所。"

四人座的螺旋桨小飞机欢叫着冲上蓝天，飞行员老弗朗索瓦如同中世纪的骑士一般驾驭着这匹轻盈的"天马"，穿行在雪山铺就的空中栈道上。勃朗峰在湛蓝的天色里纯净得如一刀锋利的思想，每一个坡面都闪耀着圣洁的灵光。"飞吧，"弗朗索瓦轻声地叨念着，"就算到了天堂也无非是这般模样，不是吗？"

是啊！我在法国所见过的每一个阿尔卑斯人都毫无二致地点头赞同：世界上没有比阿尔卑斯山更美好的家园，也没有比勃朗峰更崇高的峰顶。无论是地球之巅珠穆朗玛峰，抑或是希腊神话中的诸神圣地奥林匹亚山，都远不如这座海拔高度仅有4807米的"欧洲最高峰"来得伟哉壮丽。这份固执的自豪感多少有一些"欧洲中心论"的历史遗绪，但是从苍翠蓊郁的山谷中向天空仰望，白雪皑皑的勃朗峰的确构成一幅撑天擎地的雄浑风景，高绝地鼓动着人们膜拜景仰的激情。

"倘若是在西藏，或许会有人将他写入护法神灵的谱系，再把山间那泓秀丽的日内瓦湖许配给他，让又一首赞美圣山神湖的爱情歌谣在四时的荒原里传唱。"我暗自叹息道。

但这里终究是张扬着征服欲望与冒险精神的欧罗巴洲，正是阿尔卑斯山开启了现代登山运动。1786 年 8 月，山脚霞慕尼小镇的药剂师巴尔马特与石匠帕卡德结伴同行，首度登上勃朗峰的雪顶，让原本渺小卑微的人类第一次占据了与大自然对话的制高点。这似乎是一篇未来世界的《启示录》：两百余年光阴似电，地球每一个大洲的顶峰，甚至远在天外的月球环形山上，都已留下人类的足迹，最先臣服于登山者脚下的阿尔卑斯山，却不再与动辄七八千米以上的"巨人"们同列，而是闲散地叼着烟斗，坐在欧洲自家的后花园里，安享一份与世无争的平淡幸福。

搅扰这安宁气氛的，是每年上百万观光客与高山滑雪爱好者。他们乘着缆车从霞慕尼、梅杰夫抑或是其他滑雪胜地攀缘到三四千米高的雪岭之巅，再在兴奋的呼哨声中挥动雪杆、翘起滑板，冲下渺不可知的万丈深渊。"Yoo-hoo⋯"当仰天膜拜式的攀登已然失去冒险的兴味，那就撅起屁股向大地俯冲吧。阿尔卑斯山似乎并不介意这些颠来倒去的折腾，毕竟它在这地球上早已熬过上亿年的光景，而人类即使再聒噪多事，也不过是匆匆而来，复又因一小朵蘑菇云之类的怪名堂，莫名其妙地匆匆而去。

"喝一杯小酒？"高雪维尔镇的马车夫勒住缰绳，让那匹栗色的老马停歇在山间路畔的云杉林外，转过身来问我。他从车座底下拎出一支酒瓶和两个纸杯，倒上半盏葡萄酒各自端着，向远方的山色凝望。在阿尔卑斯山区，马车纯乎只为了增添观光的兴趣，笃笃行走在小镇周围固定的旅游线路上。昔年曾往来于乡间城镇的驿车早已让位给高速列车与观光巴士，而马车夫的行当与其说是一门生计，不如说是小镇居民消磨时光的一种休闲方式。当日头偏西，天光渐暗时，老先生爱惜地将他的马儿卸下鞍鞯，牵进一辆货车的后厢里，一溜烟开走了，只剩下马车的后半厢丢放在半山腰上，像是历史遗留给今天的一段残迹。

"我早已不品红酒了。"阿尔卑斯山区享有盛誉的"红酒骑士团"女成员，在小镇上经营一间木屋旅舍的玛丽老奶奶点亮她餐厅里的蜡烛，荧荧的火光顿时驱走了晚来的春寒，"春天，我领孩子们到山间认识野花和昆虫，秋天，就采摘满山的野果做成果酱。"十几种果酱晶莹剔透地盛在玻璃罐里，还有蜜渍的梅子和李子，不带一丝烟火气地排在靠墙的木架上，只等着一把银勺将它们轻轻舀起，涂抹在新鲜的面包上，再送进我垂涎三尺的虎口之中——熏肉与煎蛋是多么粗俗的食物啊！被花香浸润的灵魂喃喃地对我说。

阿尔：向南，向南，向着太阳！

阿尔的太阳突然照进文森特·梵·高的眼帘，使他的眼睛一下子睁大了。这是个旋转着柠檬黄的液态火球，它正从蓝得耀眼的天空中掠过，使得空中充满了令人目眩的光。

——欧文·斯通《梵·高传》

　　我坐在阿尔城中一座老屋的台阶上，眯起眼睛适应这烧灼过梵·高视网膜的火热太阳。一队小学生从我身前的巷道里走过，朝向我膝头的摄像机做着欢乐的鬼脸，一会儿又消失在浓黑的阴影里去了。不远处的古罗马竞技场正在大修，工人们忙着铲除栖身在石缝中的野草，防止它们侵蚀矗立了两千多年的古老墙体。卖薰衣草袋的小店铺散发出馥郁的芬芳，提醒我这里是普罗旺斯最富性灵的城市，一个在古罗马的遗迹与梵·高的油画里获得永生的神话之地。桀骜不驯的罗讷河也在阿尔分作大小两条支流，造就出一片水草丰美、有成千上万只火烈鸟与传说中的雪白骏马栖息的罗讷河三角洲，并且终将流入地中海蔚蓝色的天际。

　　拉马丁广场上散落着空寂的露天咖啡座，梵·高的《咖啡馆之夜》就是在这个角落里匆匆画成。你可以拍一张角度相同的照片，在街边的邮局打上阿尔的邮戳寄给心爱的人；或者就要一樽画家最爱的苦艾酒吧，点起烟斗，安静地等待文森特·梵·高的归来。广场隔壁的前阿尔疯人院里开办了一家艺术学校（梵·高割掉自己的右耳后曾在这里休养过几周），坐在教室后排的学生心不在焉地望着窗外的风景：也许梵·高的灵魂会在开满鲜花的院落里游弋，赐予他们狂涂乱抹、日进斗金的天才灵感。

　　"对我来说，梵·高就好像是一支蜡烛。"站在古罗马竞技场残破的顶端，温婉的阿尔老妇人安娜眺望着远方大片的红顶老屋轻声地说道，"他不停地燃烧自己，让自己熔化在阿尔炙烈的太阳底下。他太沉迷于他的创作里，以为自己是阿尔艺术上的主人。"

"梵·高住过的那座黄房子呢？"

"早已经被拆掉了。但每一个来过这里的艺术家都有属于他自己的黄房子，不是吗？"

恍惚间，阿尔只是一幅幅笔触粗狂的油画而已。耕过的田地，繁花怒放的果园，蒙特梅哲山高高的山岗，肥沃的谷地上千万条深翻的犁沟伸向天边，聚集成一个无限遥远的点。还有那些触目惊心的色彩：

一块块紫色的土地，播种者用蓝、白两色画成，地平线是一片低矮成熟的玉米地，天空一片黄色，点缀着硫黄色的太阳。

——《梵·高书信集》

阿尔这座古罗马时期就已繁荣壮丽而后又逐渐潦倒的小城，似乎坐在自己的咖啡座里，安静地等待了若干个世纪，直到热气腾腾的荷兰画家梵·高跳下南行的火车，跑来唤醒它重新上路。

"对阿尔来说，是梵·高赋予了它新的灵魂。就好像巴黎的蒙马特属于劳特累克、蔚蓝海岸的安提布属于马奈，或者普罗旺斯的艾克斯属于塞尚一样。"安娜指着一座曾入梵·高画作，如今依然完好无损的老吊桥和几丛扭曲生长的丝柏对我说。

"是的，塞尚的艾克斯。"我回忆起曾在那个更为热闹的城市里参观塞尚的画室、圣维克多山，并在周末的集市上遇见的一位老羊酪贩子，他因为与塞尚容貌酷似而生意兴隆，还曾被一家德国电视台请去扮演过那位 19 世纪伟大的画家，成为本地的风流人物。

"做羊酪和绘画当然不可同日而语。"羊酪老爷爷捋着塞尚式的大胡子微笑着告诉我，"但塞尚和我都是在大自然里获得的灵感。塞尚为圣维克多山画了六十多幅画，而我在圣维克多山上养了六十多只山羊。"

傍晚的阳光洒在阿尔的古罗马废墟上，辉煌得让人不敢逼视。金红色的晚霞似乎放射出硫黄的气息，用一根火柴就可以将天空点燃。

　　把星空烧成粗糙的河流

　　把土地烧得旋转

　　举起黄色的痉挛的手，向日葵

　　邀请一切火中取栗的人

　　不要再画基督的橄榄园

　　要画就画橄榄收获

　　画强暴的一团火

　　代替天上的老爷子

　　洗净生命

　　红头发的哥哥，喝完苦艾酒

　　你就开始点这把火吧

　　烧吧

以毕生向往着朝圣梵·高，又与他同样自戕殉美的诗人海子的名义，我与同行者将一杯苦艾酒泼洒在阿尔的土地上，默诵这首曾在北大歌唱了整整十年的《阿尔的太阳》。

就在远方，塞纳河畔一个名叫奥维的小镇上，梵·高和他的弟弟提奥并肩躺在鲜花盛开的墓地里，享受着和煦的晚风轻轻拂过墓碑的清凉。守墓的老人刚刚修剪过几丛新生的青草，将人们献上的鲜花轻轻地摆好。在最后一道霞光里，一个小女孩牵着父亲的手趴在黑色大理石的墓碑前，无声地辨读着上面的文字：

VINCENT van GOGH 1853—1890

马赛：记忆旅程的起点与终点

马赛命中注定要成为一个十字路口，一个中转站，一个避难所。
——埃米尔·特米姆《港口的呼唤与回忆》

鱼汤鲜美。五种新鲜的海鱼炖在一个粗陶的盆子里，沾了鱼子酱的小面包片投入汤中，像潜水艇一般沉入钵底。我着迷地玩着这种餐桌上的游戏，欣赏法式"水煮鱼"的浓香气味。与此前所有道貌岸然的法式大餐不同，在海风吹拂、阳光普照的马赛旧港露天的餐位上，我们像出海归来的渔夫一样呷酒吃鱼，逍遥惬意。

在马赛，渔夫们逍遥的日子已经延续了整整两千六百多年。自公元前六世纪起，从小亚细亚来此的希腊水手便定居于这个风光旖旎的港口，将它命名为"马赛利亚"。"在恺撒诞生之时，马赛利亚就已是一个古老的城市。"美国历史学家威尔·杜兰在他的巨著《世界文明史》中写道："一直到恺撒逝世时为止，它仍然保持着希腊的语言与文化。"

马赛位于罗讷河与地中海的交汇处，财富与冒险始终是这个城市千年不悔的主旋律。即便是在航运业原始落后的前纪元时代，来自希腊、罗马与小亚细亚的货船都可以自马赛港扬帆启航，沿罗讷河上行至高卢的首府里昂，再经索恩河、莱茵河、卢瓦尔河、塞纳河等诸水系前往欧陆各地。或许是出于对希腊文明的敬畏，恺撒的大军虽然一早征服了高卢各地，但直到公元一世纪，这座由奔放不羁的水手掌握的城市才正式并入罗马的版图，并且在很长的时间里作为古典政体的自由市，独立于罗马行省总督的管辖之外。

坐在马赛的海岸上张望渺无边际的地中海，大群海鸥在头顶徘徊惊叫。海浪夹带着呼啸的风声砸向黝黑的礁石，似乎在叩问这蔚蓝色的海洋吞噬了多少文明的秘密。远处山坡上的嘉德圣母院如一座宏伟的灯塔，教堂尖顶那尊镀金的圣母塑像闪耀着熠熠的光芒。马赛的嘉德圣母犹如中国沿海渔民崇祀的妈祖，以她母性的慈悲保佑着天涯远航的水手和万里投奔这座古老港口的人们。

然而作为法兰西最英勇的城市之一，马赛无疑是承袭了罗纳河父系血脉的长子，永远高扬着自由不屈的旗帜。它曾因屡屡反抗异族的暴政而遭废黜围困，衰落几近绝迹，又多次在历史的废墟上重新崛起。1792 年当法国大革命最为危难的时候，是马赛人高唱着战歌北溯罗讷河谷向巴黎挺进，将一首慷慨激昂的《马赛曲》奉献给法兰西民族；一百五十年之后，聚集在马赛港的法国军舰拒绝向纳粹德国屈服，全部壮烈自沉。作为地中海最古老的自由之都，马赛的血性与尊严二十六个世纪以来始终未曾泯灭。

又是一个甲子倏然过去，马赛港湾中游艇的桅杆再度如森林般挺立着。夕阳斜斜地从海湾落下，咖啡馆昏黄的灯光开始在街头点亮。码头上，一位游艇的主人骄傲地向我炫耀他的珍宝："瞧，我的游艇就是中国造的，游起来像飞一样。"他指着驾驶舱外一块金属的标牌："Made in Guangdong，China（中国广东制造）"。在海滨大道一家小小的中餐馆里，法国女主人用标准的粤语向我推荐一道清蒸海鱼，虽然我对广东话的理解能力并不比法语强几分，但天涯邂逅的几句乡音却依然亲切入耳。

"马赛命中注定要成为一个十字路口，一个中转站，一个避难所。"是谁将这段文字刻上了历史的额头？商人、游人与移民汇聚在这个城市里，城市的腹地沿着河流和道路延伸。这个神秘的地方将它的触角伸向诸世纪以来的地中海世界，交织起广袤的亚欧与非洲大陆。夜幕降临的马赛海港终于成为我此次罗讷河旅程的终点，也将是我生命记忆的又一个出海码头。

虽然未能亲眼见证罗讷河与地中海粲然相拥的狂喜，但今夜盛大的星光一如往昔：恺撒在它的照耀下沿着阿尔卑斯山前进，阿维尼翁老迈的教皇因它而夜不能寐；阿尔的梵·高泪流满面地用灵魂涂抹他的夜空；而在马赛的港湾里，又一艘远航的商船悄然起锚了，老船长在他破旧的航海日志上潦草地写下一行大字："今夜无风，星光灿烂"。

二 伊朗的巡行：在光影与历史之间

　　旅行往往如一场梦境，随着时间的流逝悄然淡忘。有时却在不经意间悠然想起，那些消磨在异乡的短暂时光会如牙痛般闪回于脑海，譬如伊朗，伊斯法罕街巷里绵延的日光。

——题记

　　蓦然回想，不知从何说起，亮马河畔伊朗使馆的蓝色签证戳在我崭新的护照上，令日后同样靠盖入境章谋生的美国人满腹狐疑。然而，我的行程骄傲地与伟大的伊朗电影联系在一起，倘若没有电影的荣光，伊朗于我来说无非是一个教法严明的伊斯兰石油输出国而已，与我的生命轨迹不会有半点交集。而正因有了这道不灭的灵光，芳名曾唤作"波斯"或"大食"的西亚古国如一点火烛，驱动我如飞蛾扑火一般千里投奔它山河远隔的怀抱。

一架俄罗斯航空公司的班机于凌晨三点降落在伊朗首都德黑兰国际机场。苍白黯淡的灯光底下，葱茏的野草将阴影投射于斑驳破旧的铁丝网外，飞机里的女人们各自取出一幅头巾，神情肃穆地扎裹在头上。而当我背起行囊跨过眼前这条政治的疆界时，一张旅馆揽客的小标语却让我展颜微笑：《何处是我朋友的家》？这部曾获过戛纳"金棕榈"大奖的伊朗电影被有心的商人用来招揽生意，眼前晃过一个孩子循着山路奔跑的图景，阿巴斯又一次以他的电影抚慰了异乡远来者仓皇无助的表情。

更有趣的表情是在德黑兰的银行里，我用三百美元换回二百四十万里亚尔。手攥着大叠花花绿绿的钞票，头一次觉得自己如百万富翁般器宇轩昂。可惜持币待购的兴奋劲很快就被冰冷的现实打破：两张伊朗博物馆的门票就花出去十二万，付给侍者的小费也在五千、一万的数目。后来我得到了一套伊朗硬币，其中居然有一里亚尔的小镍币闪闪发光，据说这才是真正的宝贝，因为它已经有很多年不在市面上流通了。

应该说，伊朗电影对国家形象的重新塑造功不可没。电影大师阿巴斯却为人类贡献出《橄榄树下》《樱桃滋味》《随风而逝》等人性深沉的电影杰作。不仅如此，在阿巴斯的身后，还站立着一大批成就非凡的伊朗导演，这其中既有穆森·马克马巴夫、马基德·马基迪这样的中坚力量，还有萨米拉、巴赫曼·哥巴迪等朝气蓬勃的年轻一代，在全球影坛风光无限。至少在很多电影发烧友的眼里，伊朗已经变成了艺术电影的乐土。

德黑兰宛如一座中途停工的大工地，四处散落着修到一半的建筑，钢筋水泥的筋骨峥嵘地纪念着某种被抛弃的走向，街头黑袍飘飘的女子则将这种历史的宿命默默地担当起来。其实德黑兰真的是美女如云，她们姣好的面容掩映在黑色的巾衫里，依稀可以想见古代波斯女子的绝色风姿。尤其在秋雨淅沥的黄昏，木叶凋零的街道上远去一个修长的黑影，衣袂绝尘，令人悠然怀想金庸先生武侠名著《倚天屠龙记》里的波斯美女——紫衫龙王黛绮斯：

"遥想当年光明顶上，碧水潭畔，黛绮斯紫衫如花，长剑胜雪，不知倾倒了多少英雄豪杰。"但拜火明教既在西域与中土纷纷湮灭，波斯女子也早已恭忍谦逊，皂袍加身，不复昔日的恣意翩然了。

伊朗人在性格上热诚而慷慨，与好莱坞电影里的形象相去甚远。其实美国电影里的华人形象也大多相貌不好，滑稽险恶，在美式全球化的传销进程中贩卖给了各国人民。为我做翻译的法赫德长得与法国影星尚·雷诺颇有几分神似，当他在一家音像店里看到《杀手莱昂》的盗版 VCD 封面时也不禁莞尔。

司机萨米兰·马基迪是一位库尔德人，虽不通英文，但微笑时的样子欢喜动人。有一天他央求翻译法赫德问我"slowly"用中文怎么说，我告诉他一个字："慢"。结果每当我猛关车门的时候，马基迪便会霍然转过头来，得意地拉长声音喝道："慢——"遂令我半空脱力，听不到乡音般动人的巨大撞击声。可惜，有一次他停车路边与人理论，没能遵循自己的"慢"式法则，被另一辆疾驰而过的汽车一头撞掉前门，险些了断了他的性命，从此后，这个"慢"字便再也没从他嘴里冒出来过了。

还有一位在民间电影学校上课的年轻男子，因为曾侨居中国两年，被同学们鼓噪着一定要和我切磋两句汉语。他面红耳赤地嗫嚅了许久，说了声"北京，漂亮！"就无比羞涩地埋头遁掉了。当然，最豪迈地展现出波斯古风的还是一位伊朗文化官员。他带我走进一家图书玩具店的时候，环顾琳琅满目的货柜书架，大手一挥，念了一句即便是阿里巴巴都会惊喜不已的咒语："这里的东西你随便拿走！"

对于我这样的肉食者来说，伊朗自有它天堂一般的面孔。波斯大餐几乎全是牛羊肉的天下，佐以拌上藏红花或其他调料的米饭。后者虽然也风味俨然，但和油光闪亮，吱啦作响的大羊排串比起来，只能算点到为止的开胃小吃而已，而曾经令少不更事的我们以为是天下至味的新疆羊肉串，在伊朗兄弟面前从分量到滋味都不可同日而语。先开始，我们还审慎地在中国使馆的食堂与街边的伊朗餐馆之间作选择状，很快食欲的天平便义无反顾地倒向了后者。我迄今仍怀念在德黑兰的馆子里大啖羊排的壮丽场面：我们高举起重达两斤的烤肉串，痛饮不含酒精的"伊斯兰啤酒"，一面争论伊朗曾经被称作"大食"的个中缘由，一面在贪婪与战栗的狂喜中体味"饕餮"的真谛，分享着几千年前波斯大军在居鲁士麾下横扫欧亚时的豪情余绪。

伊朗的确是怀古的胜地。姑且不说静藏在德黑兰珍宝馆内价值连城的珠宝、钻石，曾经书写了这个国家难以估量的富有与荣耀，即便在乡间田埂四方散布的断垣残墙，也无不透露出亘古以来历史的谜思。公元前三千年，埃兰君王曾经统治过这片雪山与大海之间的险峻高原，统率着威猛军团的波斯大帝以波斯波利斯为首都，建立起幅员广袤的阿契美尼德王朝，成为古希腊诸国最强大的军事与文明对手。即便是从最简明的世界历史课本上，我们也能读到居鲁士、大流士、薛西斯这些伟大君主的名字，并恣意追想那些铭记在人类史书当中的惨烈战争。

虽然亚历山大大帝在征服欧亚的战程中纵火焚烧了波斯波利斯雄伟的宫殿，但直至今日，这座古城的巨石基座与高高矗立的雕花石柱依然无比华贵地展现着两千多年前的泱泱大度，丝毫不逊色于与它隔海相望的雅典卫城。而居鲁士大帝的陵墓，也仍旧据守在帕萨高特的荒原上，守望繁衍生息于此故土的波斯子民。每当黄昏时分，夕阳余晖掠过波斯波利斯古老的遗迹，所有的一切似乎都悠然醒转。征伐的号声再起，千万匹战马在大地上掀起惊涛骇浪，战刀与盔甲的寒光从遥遥两千年前的阴霾里迸射出来，使人禁不住"念天地之悠悠，独怆然而涕下"。

然而伊朗人最中意的良辰美景还是伊斯法罕的初秋时节，他们对这座古城的赞美犹如中国人之盛誉桂林："伊斯法罕半天下"，其珍爱之情可见一斑。从德黑兰花二十五美元搭乘飞机，到伊斯法罕不过半个多小时的时间（伊朗国内航班之发达，票价之低廉，大大出乎我的意料之外）。纵贯伊朗，或许有方言的差异与服饰的区别，但一份烤羊肉的食谱却是全国通用的。只要有一副健壮的胃和腥膻并举的胃口，伊朗能令你有豺狼猛虎般的口腹之趣。

伊斯法罕城市的中心是在伊玛目广场，一个四周环绕着古老清真寺与王宫、集市的美丽大院，据说其面积是俄罗斯红场的两倍。那些金碧辉煌的穹顶建筑宛如《天方夜谭》之梦想成真版，在蓝天映衬下超现实地屹立着。历代波斯建筑师将他们的虔诚信仰融入大清真寺一砖一瓦的搭造，甚至细微到每一片马赛克的花纹中去。清真寺内回旋的柱廊与幽静雅致的花园，是神学院的师生们授课的地方，如今虽已不做经院之用，还是能想见当初师徒数人席地而坐，参详探讨的修习乐趣。

伊斯法罕在淡薄的云天里，如我回忆当中的伊犁。虽然行走之间皆是高鼻深目的异族，但我始终不能摆脱一种曾经旧游的梦呓。最有家园之思的当属广场一翼迷宫般错综复杂的集市——大巴扎。古时这里曾是往来于欧亚大陆的商贾们云集的所在，至今那林林总总的作坊摊位依然留有丝绸之路上的风尘气息。徜徉于斯，看各种手艺人低头打造着种种挂盘、铜器与日用茶炊，恍然如回到了几个世纪以前的光景。

倘我是一个四方游走的商贾，在这片众生云集的土地上，是否也会拴住骆驼，将囊中闪光的金币换取集上的一袭青衫，或者一柄如月的弯刀呢？集市外的街道上孩子们欢呼雀跃，从干涸了大半年的扎因达鲁德河上游缓缓流来了河水，重新滋润着这座牧歌般的都市。人们在水流的前面奔跑，似乎要指引它行进的方向。当那兜转着漩涡的浊水终于穿过四百年历史的"三十三孔大桥"时，一道阳光从浓密的乌云中洒落，将河边几棵白桦树染成了金子的颜色。万众欢呼，似乎我也跟着笑了起来。

库尔德司机萨米兰·马基迪在临别时拥抱我说，下回再见，他要带我去库尔德故乡连绵高耸的雪山绝域，让我见最美丽奔放的库尔德姑娘。我正静静地等待这一天的到来。

三 "上帝之城"：里约热内卢的贫民窟之旅

【引子】

2004年7月20日，我在凌晨三点被一通电话铃声惊醒。

"下午好，朱先生。"对方是一口还算标准的英语，但他显然算错了时差。

"唔，现在是北京的午夜三点。"我在半睡眠状态下嘟囔了两声。

"对不起。我知道您正在为您关于巴西电影的纪录片拍摄寻找巴西合作方。我们有兴趣协助您在巴西阶段的制片工作。"

我并不觉得这番表白能弥补我午夜梦回的损失。自从我遵照巴西驻华大使馆的指示，在一个巴西电影合拍网站撒下英雄帖之后，已经收到了七八封电子邮件，都是有兴趣与我所在的央视《世界电影之旅》栏目这趟"巴西电影之旅"进行合作的制片公司。其优势从历史悠久、经验丰富到总经理的夫人是华人妇女不一而足，但半夜三更打来电话的还是头一次。

"我们是巴西的 O2 制片公司。是巴西最大的一家影视制作和服务公司。"

我依然没有反应，我想至少我曾采访过"米高梅"的总裁和"宝莱坞"的总瓢把子。

"不久前我们拍摄的一部电影刚得了几个奥斯卡提名，片名叫作《上帝之城》。"

我立刻从昏迷中清醒了过来。

【电影】

在进入正文之前，或许应该先对《上帝之城》这部电影做一些初步的介绍。它是巴西导演费尔南多·梅里尔斯根据作家保罗·林斯的同名自传体小说改编而成的影片，讲述了 20 世纪 60—70 年代里约热内卢最大的贫民窟之一"上帝之城"里，一代又一代青少年在毒品、暴力和黑帮犯罪中绝望挣扎的故事。片中主要人物泽·比切诺作为"上帝之城"土生土长的毒枭，曾经统治这座贫民窟多年，直到他在一场黑帮火并中被敌方乱枪射死。《上帝之城》大致以他的短暂一生作为影片的时间跨度。

　　这部影片的主要演员均来自里约的各大贫民窟，更因其对巴西底层社会的深刻揭露和残酷写照，引起了全球性瞩目，不单引发了巴西国内一场规模空前的政治、社会改革大讨论，甚至一度成为当年总统竞选的热门话题，而且还获得了今年第 76 届奥斯卡奖最佳导演、最佳改编剧本、最佳摄影和最佳剪辑四项提名。导演费尔南多·梅里尔斯从此蜚声海外，"上帝之城"也因此成为里约热内卢最具国际恐怖知名度和致命诱惑力的艺术地标。

【现场】

　　2004 年 8 月 16 日，中午的阳光刺眼地照耀着尘土飞扬的一方小空场。我坐在一间小吃店门外的塑胶椅子上，大口吞咽一块内容不详的三明治，观察对面几位黑人兄弟面色凝重地打着电话。一块路牌斜插在便道上，上面用葡文书写着"上帝之城"几个大字，和《上帝之城》DVD 封套上的拼写一模一样。我们的面包车就停在不远处，摄像机、照相机、三脚架等敏感器材，在本地内援的警告下一样也没有拿下来。车门敞开着，据说这象征着车里没有暗藏武器或杀手；名叫马赛罗的大胖司机（他还是里约市区的一位片儿警，究竟哪样是兼职，我也没搞清楚）站在车门外面，神经质地瞄着过往的路人，大有见势不妙，上车就跑的动向——马赛罗现任妻子的前夫就是被黑社会的流弹击毙的，还是在安全系数较高的马拉卡纳足球场门外。而在买三明治的时候我们还得知，两天前，这里刚刚在枪战中断送了一条人命。

打电话的黑汉子们当中最扎眼的一个——我要采访的年轻演员莱昂德罗·费米诺，也就是在电影《上帝之城》里扮演本地魔头"泽·比切诺"的那位仁兄——用他招牌般的嘎嘎怪笑结束了最后一个联系电话，站起身来，招呼我们上车"进城"去。我之所以选择在这个"鬼见愁"的地方采访他，不单因为这里正是电影所依据的真实场景，也在于莱昂德罗本人就是"上帝之城"的土著，而且一朝成名之后，还依然生活在这座远谈不上高尚的贫民窟里。

"'上帝之城'这半边的老大都已经同意我们拍摄了。"随行的O2公司制片人边卡·克罗娜告诉我，"另外半边的拍摄许可还要再谈谈。当年费尔南多·梅里尔斯也是这样拍《上帝之城》的。"这倒是真的，当一周前我在圣保罗O2公司厂房一样的办公室里和费尔南多聊天的时候，他就曾说过："里约所有的贫民窟都被毒品贩子们所控制，所以在你进入这类地方之前，必须先和某人交涉，以获得拍摄的许可。我们也是这么做的：我们到了那个地面上，出示我们的剧本，并询问能否进行拍摄。一些我们原本打算用作场景的地方不允许我们拍片，但我们却获准拍摄其他的一些区域，于是我们就在那里拍完了这部影片。"

面包车里因为临时塞入几条彪形大汉显得有些拥挤。居中端坐的莱昂德罗在气势上与电影《上帝之城》中的黑老大泽·比切诺一般无二。在短时间的默然相视里，我反复回味着这次巴西之行的种种超凡脱俗之处：和"球王"贝利纵论足球与电影；坐在巴西文化部长——同时也是歌坛巨星——吉尔贝托·吉尔的演唱会后台上，领教巴西音乐之精髓以及艺术家的社会使命；在午夜时分踏进贫民窟"红树桑巴学校"的大门，对着身份诡异、舞姿绝伦的美艳女郎们狂拍不已；再就是将二十年来获得过奥斯卡提名的一干巴西电影大腕轮番走访，从费尔南多·梅里尔斯本人开始，直至以《蜘蛛女之吻》和《卡兰迪鲁》名动江湖的老前辈埃克托·巴本柯。而执导过《中央车站》和《摩托日记》的沃尔特·塞勒斯，如果不是他出国迟迟未归，想必也难逃我的话筒追缉——我就坐在他本人的办公室里，采访了他的弟弟：刚拍竣巴西总统卢拉竞选实录纪录片的导演莫瑞拉·塞勒斯。

在这个艳阳高照的下午，当我坐在毫无防弹功能的面包车里，慢慢驶入令人闻风丧胆的"上帝之城"时，忽然觉得此前的种种"艳遇"都还只是铺垫而已，好戏或许才刚刚开始。如今回想起来，O2公司在四周前那个三更半夜打给我的"扰民电话"，似乎比上帝的箴言还要悦耳动听。

我们在一条通直的街道边停下车来，两侧的红砖院落与两三层高的自建小楼，和我在祖国各地城乡接合部所见的建筑风格大体相仿。莱昂德罗当街站定，示意我们可以在此拍摄访谈。小楼的窗户里探出几个好奇的脑袋，路上不时有各色人等来来往往。就在我准备开腔发问的时候，他忽然很严肃地下达了一道"最高指示"："一旦看到有人拿着枪向我们走来，你们必须立即停止拍摄，并向他们解释这些镜头里根本没有他们。"仿佛是为了配合他的危言，从几条街道的后面忽然传来一阵"哒哒"响声。我的平民主义本能让我暗自掐算今天是否娶亲的黄道吉日，但十多年前曾受过的军事教育随即纠正我：这可不是喜庆的爆竹声，而是一通冲锋枪的点射。"条子们又在装腔作势了。"莱昂德罗的阶级立场坚定地凸现出来。

我们站在破败的贫民窟街头，在枪声伴奏下，聊起他的人生历程和《上帝之城》这部电影。"费尔南多在里约创办了一个'我们来自电影'训练班，这样他们就可以找到演员来拍他的电影。"莱昂德罗一边说，一边和往来的熟人打着招呼，"一天，我的邻居杰谷告诉我：'嘿！有人正在招考演员哪。'我说我可不感兴趣，因为我打算参加空军当飞行员。但我又转念一想：'好吧，既然大家都去，那我也去看看。'第一轮考试是面对摄像机讲述我的个人经历，通过之后，又经过其他几轮测试，我最终被选入了这个两千人的训练营，在那时，我已经喜欢上了表演。一年之后，训练班只剩下两百人，我又参演了费尔南多执导的电视片《金色大门》。然后他们就通知我，让我在《上帝之城》电影里扮演泽·比切诺这个角色。"

【背景与旁白】

费尔南多之所以不惜时间和工本地在里约搜罗贫民窟青少年出

演他的电影，与他们这批巴西电影史上"迟到的一代"所独具的文化背景大有干系。早在二十世纪六十年代，巴西曾在意大利"新现实主义"和法国"新浪潮"电影的影响下，掀起过一场轰轰烈烈的"巴西新电影"运动。这一电影运动带有鲜明的左翼政治诉求和文化批判色彩，曾经在拉美乃至全世界影坛上光芒闪耀。但随着军事独裁者在1964年夺权当政，众多"新电影运动"干将或流亡海外，或蛰伏边地。整个70—80年代，巴西电影界处于暗火焖烧的反思与聚合阶段。

二十世纪九十年代初，民主制度重建，巴西电影人以为春光再现的时候，新总统科洛尔·德梅洛却废除了电影资助法和国家电影机构EMBRAFILME（其实他连巴西文化部也一并废除了，这位科洛尔总统可真是个粗人），令巴西电影业彻底崩盘。原本要投身电影创作的一批青年人（包括沃尔特·塞勒斯和费尔南多·梅里尔斯）只好转身去从事纪录片、短片或电视广告之类的周边行当，一晃就是将近十年。直到塞勒斯的《中央车站》令巴西电影重又赢得国际声誉，这些初执导筒的"新电影导演"们都已经是四五十岁的中年人了，他们几乎无暇再琢磨电影的本体价值或形式美学，当务之急是要重新唤起公众对电影的热情，迫不及待地向他们的观众发出呐喊："看看我们这个真实的世界吧！"所以，与其说这批人是职业电影家，不如说是巴西又一代将摄影机当作投枪和匕首的理想主义知识分子。

"巴西的主体人群是很贫困的，我们却对此几乎闭目无知。从电视里我们看到的都是巴西中产阶级生活，它从来不展现巴西的另一面，因为我们认定没有人会对此感兴趣。"费尔南多坐在他的工作室里对我说，"因此，新一代电影导演更愿意讲述真正巴西的故事——来自巴西另一面的故事，那也正是我拍摄《上帝之城》的目的。我希望说出巴西贫民窟真实的历史，但却不是以中产阶级的视角来看待问题。让我们从它的内部观望，将摄影机摆在贫民窟的里面，关注其中人们的生活和命运。因此，我必须从贫民窟里找到他们自己的代言人。"

【现场】

对莱昂德罗的采访暂时告一段落，我们漫步在"上帝之城"残破的街道上，参观这标志于里约热内卢版图上几乎长达半个世纪的巨大贫民窟——像这样的贫民窟，在里约不少于四百个。在电影版"泽·比切诺"的带领下，黑压压的一排人齐头并进，颇有些《上帝之城》里黑帮列阵出征的样子。路旁的排水沟散发出刺鼻的味道，几个小男孩骑单车滑过我们身旁，向莱昂德罗高喊着"泽·比切诺！"他的确已经是这片贫民窟里的偶像，但我始终不能确定的是：这些孩子崇拜的究竟是这个演员，还是他在电影里扮演的那个黑帮大佬。

关于泽·比切诺其人，关于那段在电影中被重新诠释的历史，似乎在"上帝之城"有无数个不同版本。当我们路过一个肮脏的街角时，一群黑人兄弟正在烟气腾腾地举行烧烤啤酒宴，为首一名铁塔般的大汉据说是本地最有影响的民间音乐家。他热情地邀请我们分享在铁篦子上滋啦作响（但看上去成色可疑）的烤牛肉，我们则回敬以中国产"红河"和"中南海"香烟，把两国劳动人民之间的友谊落实到"各尽所能，按需分配"的实践中去。

音乐家先是畅谈了一番他的艺术追求和在贫民窟里安贫乐道的生活理想，然后严肃地告诉我说，《上帝之城》犯下的最大错误，是将泽·比切诺拍成了一个黑人，实际上，他根本就是一个白人毒贩；而在电影中血肉横飞的那场黑帮火并，其实也是子虚乌有。但另一位上了年纪的小店老板，据说小时候给泽·比切诺送过货的，则断言那场血战确实发生过，不过就"上帝之城"的社会环境而论，泽·比切诺的时代比起现今其实还要更安定祥和一些。

泽·比切诺的种族成分的确是一个问题。在《上帝之城》里饰演敌对派白人首领"土豆"的巴西著名演员马修斯·纳克加勒曾对我说，早在 1998 年，当他们都还在电影界籍籍无名的时候，费尔南多就曾邀请他扮演泽·比切诺。后来马修斯主演了几部电影和电视剧迅速走红，成为巴西响当当的一位明星，费尔南多就开始犹豫起来，不想让这张观众喜闻乐见的大脸毁坏了他还原历史真实的野心。马修斯再三表示要混同于普通群众演员，哪怕毁容也在所不惜，这才在《上帝之城》里捞到一个"土豆"的角色。但也可见费尔南多眼里的泽·比切诺究竟是黑是白，似乎并不在他考虑的"真实"语境之内。而且在巴西这个人种混杂的"熔岩"社会，谁能担保自己身上是百分之百的纯正血统呢？

　　莱昂德罗领我们参观了"上帝之城"里的一间文化中心，门外一群练柔道的男孩子都穿着雪白的练功服，一副朝气蓬勃的健康模样。楼房里有一个小剧场，舞台前方的几个年轻人怀抱吉他，跟一名音乐老师学练和弦。老师说他坚信艺术的感化力量，一定要用手中的琴驱散笼罩在"上帝之城"头顶的毒品阴霾，他随即为我们弹奏了一曲，因为太过紧张，多少有点跑音走调。但我依然感到很温暖，巴西的艺术家们，无论他们贵为文化部部长，还是贫贱得只在大桥底下涂鸦刷墙，都满怀一种普世济人的人道主义理想，都坚信艺术能够让人的心灵乃至整个世界产生变革，这是我周游许多国家都罕有遭逢的大艺术情怀。而电影《上帝之城》的创作历程，也是这种人文关怀的精彩例证。

【画中画】

　　就在访问"上帝之城"的当天上午，我们还参观了一家位于里约市区的小型电影学校，这就是莱昂德罗所提到的"我们来自电影"。它肇始于费尔南多寻访演员时期的表演训练班，但在电影封镜之后，这个临时性机构却奇迹般地生存了下来。每年都有上百名来自贫困社区的孩子来这里学习电影的编导、拍摄、剪辑和理论知识。而在学校里担任培训工作的，大都是曾经参加过《上帝之城》影片拍摄的毕业生。

　　向我们详细讲述这个贫民电影学校缘起的教员，是在《上帝之城》中扮演过第一代黑帮头目"鹅子"的演员达兰·坎哈。当《上帝之城》曲终人散时，成百上千名被电影启蒙了的青少年却不想再重回没有目标前途、只有苦闷绝望的贫民窟生活。费尔南多等一干人也不愿意重蹈前辈导演埃克托·巴本柯的覆辙——他在 20 世纪 80 年代拍摄的名片《毕肖特》中，起用了一名流浪街童担任主演，影片虽然赢得了国际性声誉，但这个小演员却在拍摄结束后重返街头，最终毙命于黑社会的枪下——于是出资将这个学校继续维持下来，又逐渐将它发展为一家公益性非政府组织，在社会的共同参与下，为贫民窟里的青少年实现他们银色的梦想。

　　如果只是把"我们来自电影"学校当作为贫苦少年找出路的"技能培训班"，其实还远远低估了巴西电影人希图以电影影响社会、改造民生的想象力和精进心。"通过这个项目，我们还做了一些更有益的尝试。""鹅子"达兰·坎哈一边播放学生们拍摄的短片，一边对我说，"我们将不同社会阶层学校里的孩子聚集在一起看电影，这样他们就可以彼此交流，相互争论，逐渐理解在他们生活环境以外别样的社会现实。无论是上层社会、中产阶级还是底层贫民的孩子，无论来自公立学校还是私立学校的学生，他们都可以参与讨论，尝试用不同的视角来看待问题。不单从他们自己的立场，也学会用别人的观点来认识社会，理解生活，让他们对影响我们社会所有阶层的暴力、犯罪等社会问题展开探讨。我们因此而赢得了社会的承认与尊重。"

我曾于四年前拜访过伊朗德黑兰的"青年电影协会",同样见识过伊朗青年人追求艺术梦想的热望和决心,但里约热内卢这所贫民电影学校却更为真切地触痛我的灵魂,我在巴西看到了一种艺术家担当的责任:既不临阵脱逃,也绝不失声变调。

"在巴西,电影还有可能成为一种重要的现象,成为一种文化事件。对于一部电影,人们还会展开讨论,进行争辩,彼此交换意见。"巴西最重要的纪录片导演莫瑞拉·塞勒斯告诉我,"我们巴西的电影人依然怀有这样的雄心——而这种心态在许多国家的电影人身上早已消逝不见了——那就是拍摄一部电影,其目的是为了探讨这个国家,探讨各种社会问题。虽然我们并不反对娱乐,而且认为娱乐是电影重要的一个方面,但它也绝非电影的全部价值。在巴西,这正是我们的立场。"

【现场】

时近黄昏,我们在"上帝之城"的漫游也将近尾声。在夕阳映照下,白天显得破旧的平房也多少有了几分金色的尊严,虽然墙壁上密密麻麻的枪孔依然裸露着这里致命的危机。莱昂德罗制止了我的摄影师打算爬上一处高台拍摄"上帝之城"全景的职业冲动,因为不知从哪里飞来的枪弹都可能让他魂断异乡。我不知有多少外人曾和他一起在这片笼罩在暴力、毒品与死亡阴影下的贫民窟里漫步,我甚至不知道这个被一部电影引上另一种人生方向的青年人，想要实现的梦想究竟是什么。

在一群孩子的簇拥之下，莱昂德罗指给我看这里连绵成片的穷街陋巷：

"你永远也说不清楚这些孩子们会做什么。如果你认为他们可能会走上帮派犯罪的道路，那也绝不是没有可能。我们没有良好的学校，这里的公立学校糟糕得像一坨屎。孩子们忍饥挨饿，破衣烂衫，家庭残缺，所以当他们走出房门，看到一个家伙脖子上戴着金项链，骑着摩托车，穿着一身名牌衣服的时候，就会想：'我也要像他那样！'怎么做好呢？干脆去加入犯罪团伙吧，因为那就在他的身旁。

"而在电视里，孩子们所看到的主人公都是白人，钱包鼓鼓，家境殷实。你从来不会看到任何一个电视英雄是住在贫民窟里的黑人。这些孩子没有其他什么人值得去模仿，去参照。但另一方面，如果他们能像我那样，有一个健全的家庭，父亲不是酒鬼，母亲对子女充满爱心，给他们穿，给他们吃，那他们也许就不会卷入黑帮犯罪的漩涡。正如小说《上帝之城》的作者保罗·林斯曾经说过的那样：'如果孩子们在十八岁之前没有沾上黑帮或者毒品贩子，那么过了十八岁之后，他们的犯罪可能性就会非常之低。'"

我们终于像兄弟一样拥抱告别，莱昂德罗和他的几个朋友转身走回属于他们的街区。在马路的另一边，马赛罗的面包车正不安地等着我们。当汽车缓缓地驶出这片因一部电影而名扬天下的贫民窟时，我的脑海里还回旋着"鹅子"在电影学校里所说过的话："通过这部电影，我们才能像骑在彗星上一样飞向天空，发现一个崭新的世界，《上帝之城》正是这一切最主要的动力源泉。我们因它而踏上旅程，它将我们的生命价值提升到一个未曾企望过的新高度。"夜幕降临，里约热内卢漫山遍野的贫民窟都打开了昏黄的电灯，把公路两边的风景打扮得像悄然坠落的星空一样。

四　湿婆的舞蹈：光影交错的印度之旅

　　暑热的朝阳散发出灼人的光焰，城市的血脉涌动着生命的洪流。曾经在传说中如海市蜃楼一般神秘的南亚古国——印度，就这样风尘满面地浮现在我们的眼前。从孟买到德里，我们的印度电影之旅注定是一场光影与现实交错的旅程：当我们一踏上这片蒸腾着滚滚人潮与热浪的土地，当感官所及的一切都强烈地折射出文明的绚烂与差异，我们便蓦然领悟到，一次短暂的巡礼注定无法触及印度的灵魂，或许唯有通过聆听每一种不同的声音，观察每一张不同的面孔，唯有将电影所呈现的历史与我们所目击的现实叠合在一起，才可以将一幅心灵的印度地图勾勒成型。

孟买：宝莱坞！宝莱坞！

孟买命中注定要成为一个十字路口，一个中转站，一个避难所。商人、游客、远来的移民和梦想着成为电影明星的青年人，都汇聚在这座拥挤不堪的城市里，城市腹地沿着动脉一样的汽车大道和数不清的幽深小巷迂回蔓延。它的面孔朝向浩渺的阿拉伯海，触角与气根则随着铁路的延展，通向印度次大陆的四面八方。

"宝莱坞"是我们想要在孟买找寻的地方。那些林立在街头的巨幅广告牌、那些每天都在更新换代的俊男美女、那些永远出现在报纸头条的娱乐消息，都仿佛要把你拉进一个天堂一般的梦工厂。正像"好莱坞"之于加州或美国那样，"宝莱坞"几乎已成为孟买乃至印度娱乐业的金字招牌。但在孟买成百上千条街道上，在它的富人区与贫民窟，"宝莱坞"的名字其实并不存在。它仿佛是一道五彩的霓虹，闪现在梦幻的天空，却又让人难以触摸。而孟买——这座热火朝天、永不休眠的城市，才是它真实而强壮的肌体所在。

"孟买和世界上其他的大城市一样，有交通拥挤、汽车过多、肮脏等这样那样的问题。"我们拜访的青年导演拉孜·昌德拉告诉我，"但正因为是这样，人们拼命地工作，城市充满了活力。这种城市文化和印度其他地方大不一样。"

说到宝来坞，不得不说的当然是印度载歌载舞的电影传统。曼妙的印度舞蹈在乡间、神庙与殿堂里传承了几千年，它昭示着众神的威严，也寄托着哲人的深思，它柔情万种，牵动着少男少女纯真的情怀，又英武刚健，如临阵出征的威猛勇士。在古老的印度神话中，当象征着毁灭与再生的湿婆大神在火焰中婆娑起舞时，太阳与月亮都是他额头的宝石。于是尘世间的舞者，也都因这"舞蹈之王"的庇护而神圣不可侵犯。

从数千年的文明旅途中，盛装的印度舞者一路踏歌而来。他们曾经是神坛脚下的奴仆，也曾是君王眼中的弄臣，但这自由的心灵与身影却无人能够征服。他们用舞动的肢体展现出天国的颜色，也用顾盼的眼神泄露出灵魂的秘密。在舞蹈之神"湿婆"的召唤下，他们赋予了古老的印度文明最为斑斓的色彩，而人生的每一分悲欢离合，也在印度舞者曼妙的身姿里酣然呈现。当这无可争议的印度艺术之王在二十世纪与初生的第七艺术女神——电影翩然相遇时，这份一见钟情的姻缘便造就了印度电影的独特魅力：歌舞成为电影永生的灵魂。

宝莱坞电影城位于孟买西郊一个山谷中，占地一千六百多公顷。地形复杂，景致多变，既有高山湖泊，林木草地，又有小溪花园，风景迷人。摄影棚十分宽大，设备齐全，先进的空调等装置一应俱全，棚内能变幻出一年四季各种自然景色。在电影城内的外景地，我们刚好赶上一支电影摄制组拍摄一组歌舞场景。在强烈的音乐伴奏下，被高压水枪淋得透湿的男演员凌空飞跃，身姿矫健地扑向半空。露天的拍摄现场骄阳似火，人造暴雨下湿淋淋的小伙子反倒令人羡慕不已。

另一组电影人正在影城的监狱内景中布置环境，据说大部分的印度电影都有监狱段落，落难的英雄们总要在这里受尽折磨，监狱也是歌舞环节的重要场景。虽然拍摄还没有正式开始，热情的狱卒和犯人却在我们的摄像机前预演了一场精彩的小戏。不过，欢歌劲舞、美女如云的印度银幕中监狱倒显得像天堂一样。

在孟买城市的角落，一座废弃的游乐场与两座高耸的塔楼旁边，一幢别致的花园别墅吸引着路人好奇的目光。进出这所豪宅的不是孟买的高官富豪，而是"宝莱坞"的电影剧组。他们用木板和石膏搭造出这座小小的宫殿，又开始用胶片营造出一场轻歌曼舞的光影仙境。

"孟买是一个商业的港湾，电影制片人、投资人、电影厂、技术人员都在这里，这是很好的生存地带，就像美国的纽约一样。"印度电影协会主席莎蒂先生说，"印度电影的中心在孟买而不是德里。为什么美国的好莱坞在洛杉矶而不是华盛顿？这是一样的道理。"

在电影创作风格上，印度"宝莱坞"自有一套引人入胜的法宝。音乐与歌舞是电影的灵魂，炽烈的爱情燃烧在银幕内外，正义战胜邪恶是它永恒不变的价值观，而五彩斑斓的民族风情，则彰显了这个南亚古国取之不竭的灵感源泉。

就在我们探访这支电影剧组的时候，喧腾的街道上忽然挤满了盛装的男女老幼：一支来自南印度，却已定居在孟买郊区的少数民族，正以一种奇异的风俗——女子把水果顶上额头、男人将钢钎穿过自己的身体——来展现他们对古老神灵的虔诚信仰。望着这些因为信仰的力量浑然忘却肉体苦痛的人们，望着他们在孟买街头喜悦而肃穆的神情，我们悄然意识到：为着希望和梦想努力生活，这或许正是"宝莱坞"与孟买这座城市的魅力所在：电影的创作源泉不在豪华的摄影棚里，它就在我们每个人的心中。

孟买的印度门沐浴在夕阳之下，如一道通往过去与未来的关隘。纳凉的人们安静地眺望着远方的点点船帆，又或是登上游轮，在蓝色的海湾中体验出航的乐趣。作为英国殖民时代的一个象征，印度门铭刻着这个古老的东方国家在西方炮舰政策下曾经蒙受的文明屈辱，但它同时也标志着印度——这个深深楔入海洋中的国度——将在全球化的时代里扬帆启航。

在金色的夕阳之下，孟买老城的维多利亚火车站如一位迟暮的美人，虽然有些沧桑落魄，却依然保有老派贵族式的尊严。在这座曾标志着英国殖民统治者野心与欲望的恢宏建筑中，不知开出过多少辆通向远方的火车，那些梦想着在这片丰美沃土上淘金致富的冒险家、那些渴望在大城市里寻找生计的贫苦农民、那些误以为印度将永远匍匐在大英帝国脚下的傲慢绅士，以及那些为谋求民族解放而挺身战斗的独立先驱们，都曾经迈进抑或是走出这座火车站，在历史的舞台上展开他们人生的精彩旅程。

孟买街头华灯初上，又是一个繁忙热闹的夜晚。当落日余晖最后一次掠过维多利亚火车站、德里老城熙熙攘攘的街巷和手工作坊，以及令天堂黯然失色的泰姬陵时，当这火热的印度电影之旅即将伴

随着夜幕降临而曲终人散的时候，或许一场提前降临的季风雨，会
将我们的歌声和舞蹈凝结成光影的诗篇，留在这片在信仰与希望中
生生不息的土地上。望着道路两侧匆匆往来的人群，回味我们曾用
心灵描绘的印度历史地图，期待长夜之后，又一个火辣辣的夏日黎
明，我们招一招手，道一声："早安，印度！"

德里：市场中的轮回

"要两份烤羊排。"我含情脉脉地望着菜单上的一道大菜。

"对不起，先生。"头发花白的老侍者礼貌地提醒我，"我们最少
是做四块，两块不够数。"

"您说得对，两块当然不够数。"我微笑着摇摇头，像一个久居
印度的老饕那样从容不迫，"但两份，也就是说，我点了足足八块
羊排。"

沟通是一个问题。尤其在印度，沟通的确是一个问题。在目光
炯炯地向你亲切致意的印度父老乡亲面前，你总觉得他们任何承诺或
貌似肯定的答复都可能打着八折的商量。因为拿不准对方所说的印式
"咖喱英语"和自己吞吐的北京"儿化英语"能否准确对接，因为看
不懂出租车窗外煤油灯似的计价器和司机压在臀下神秘的换算表，因
为即便是头天电话里欢呼"More than welcome（欢迎之至）！"的
先生、小姐第二天都可能销声匿迹，抑或是最直接的因为根深蒂固地

对"摇头 YES 点头 NO"这一古老习俗本能的文化狐疑，所以在大熔炉一般火热的印度四月天里，你原本满怀的紧张疑虑都可能在不知其然间突然崩了弦，置换成一种听天由命的逍遥写意。

我满足地挺起装满烤羊肉和大饼的肚子，走出这家位于德里城区角落里的小饭馆。（"有机会欢迎去我们的中国分店进餐。"老板热情地握住我的手，亲人一般地依依惜别，"它就开在你们上海的锦江饭店里！"）门外一位头扎橙色围巾的老耍蛇人伺机掀开筐篓，用调门古怪的笛声令一条睡眼惺忪的眼镜蛇迅速地起身——至少锦江饭店还没有这样的印度国粹，我颇有些上海习气地暗自庆幸着。

印度是一个时间与空间杂然交错而又彼此相安无事的地方。牛车、三轮与汽车争先恐后地奔驰在莫名繁忙的干道上，行人却闲淡得无所事事；大象坦克似的走街串巷，为坐在它们头顶的老板讨要些零钱。总有人牵着熊或者猴子翩然过市，你多看他们一眼，就可能招致一场不依不饶的索问抓挠。一切都有它们的镜像，新德里浓荫密布的欧式格局正好反衬着老德里鼎盛的人气，城郊超现实主义的 IMAX 电影院刚好呼应起市内尘灰密布的民间舞蹈所。

黄昏的德里老城仿佛退回到历史的旧巢——它甚至跨越了英国统治的数百年光阴，直接穿榫在莫卧儿王朝的快捷键上。与貌似庄严、实则乏味无趣的宫廷城堡相比，市井总是那么令人欢喜，而印度的市井则因为揉杂了喧腾、闹热与某种中世纪的陈年气息，更加让人流连不已。挥一挥手，三轮车中塞满体面的胖子，木楼阶梯走下孤独的暗影；油炸、烧烤的烟火气与鲜榨的柠檬气味相跟着蹿入鼻腔，叮咚不绝的敲打声正延续着手工匠人点滴的辛劳。

"来看看吧？！"祖传的招徕令人心跳加速。

法国人也喜欢炫耀他们的市场：在明媚的阳光里，巴洛克风格的小广场上，那些售卖鲜花、水果、奶酪、腊肠的法兰西商贩同样满怀着待价而沽的喜悦，对本乡的老主顾抑或远来的观光客迎来送往。但太过清爽的摊子、太过齐整的货品，甚至有塞尚式的风景油画当作背景，总不免令人心怀几分"精品洋货"的隔膜。即便有咖啡店外的南美小乐队即兴伴奏，那份浓郁矜持的欧洲"上流"情调，还是让我这样的"发展中"草寇找不到游荡厮混的乐趣。

德里的老市场就怡然地摆出它迷宫般的嘴脸，一任我放纵这份神秘主义的打探逡巡。花束和熏香用来礼拜众神，咖喱和大饼足以填饱饥肠。在十字路口的角落里，手捧粗陶水罐的老者为每一位焦渴的路人施两口清水；而从各个铺面里探出来的头颅，似乎都已见证过无数场的轮回生死，他们正微笑着请你买一方地毯、挑一匹纱丽，或者是验一眼黄金首饰的成色。当欧洲人早已把商业发展成资本主义的万能机器时，亚洲人——尤其是德里老城的印度人依旧当它是一门手艺，一份家业，甚至是一套口口相传的秘密宗教。

"请把鞋子脱掉！"把守印度教神庙大门的侍卫以各路神明的意志向我宣告。

赤足行走是虔诚礼拜的前奏，被阳光曝晒了一整天的白色大理石台阶有如灵魂的试金石，检验着祈祷者内心的坚忍与脚底板的老皮厚度。我像踩着风火轮一样跳跃着冲进它威严的殿堂，令周遭默祷冥思的印度人颇不以为然。几位婆罗门嘹亮地唱念着经文，乃以鲜花向诸神献祭。鱼贯而入的男女老幼也由他们祝福安抚，啜一口圣水，并在额头点上殷红的标记。我以一副标准的异教徒嘴脸，默默地旁观这场神仪的上演，一如我曾站在巴黎圣母院、云南山区傈僳族的茅草教堂，悄然注目另几场仪式的庄严呈现。

当我浪迹于地球各个角落的时候，隔膜于当地民众与我这陌生人之间的，往往并非肤色与文明的差异，而正是内心深处一种信仰的有无。"你总要相信点什么吧，不然怎么能得到内心的幸福呢？"出租车司机拉玛亲吻着他挂在项上的一枚护身符，那是他的Guru——一位精神导师的小头像，镶在精致的银盒子里，须臾不肯离身。

与他们五千年前的先辈一样，鹤发童颜的宗教大师与衣衫褴褛的苦修者，继续漫游在印度的乡间城镇，不屈不挠地思考与破解超脱生死的永恒问题。而只在这短暂数十年的矢量维度衡量生命价值的我们，却如一根在短暂光焰里尽情燃烧的火柴，难以挣脱那片刻的迷狂与无根的宿命。在一间印度教殿堂的彩色壁画上，逶迤前进的道路标示着灵魂所应升华而至涅槃的方向——追随着它，我们就可以达至幸福的彼岸？至少在神庙门口散发小册子的江湖术士们是这么承诺的。

五　罗马尼亚：拂过岁月的风

　　罗马尼亚在巴尔干诸国算是一个文化的异类，在斯拉夫语系民族的环伺之下，独有罗马尼亚人秉承了拉丁民族的血统，从历史源流与文化气质上与法国、意大利等国渊源密切。虽然有几分潦倒残破，首都布加勒斯特街道两侧富于装饰韵味的巴洛克建筑，依然无声地诉说着昔日的繁华。装饰着古希腊门廊与古罗马穹顶的雅典剧院整饬一新，好戏不断。然而从历史的观众席上望过去，罗马尼亚两千多年的峥嵘岁月，才是一幕幕悲欣交错的史诗正剧。

　　如果有意回溯罗马尼亚人的前尘往事，一个选择是前往意大利罗马的图拉真广场，观赏那根蜚声世界的图拉真纪功柱。柱身四周的青铜浮雕所表现的，正是公元二世纪初罗马皇帝图拉真通过战争征服达契亚人——也就是罗马尼亚先民的场景。胜利者固然威风凛凛，但骁勇善战的达契亚人也虽败犹荣。他们以弱小的边地"蛮族"

多年抗衡当时的超级大国罗马，数次击败强大的罗马军团，最终迫使皇帝图拉真御驾亲征，才暂时沦陷为帝国的行省，但也因此接通了罗马的文明血脉，让罗马尼亚的后嗣不至泯然于历史的烟尘里。

1966 年，一位名叫赛尔玖·尼古莱耶斯库的罗马尼亚电影导演完成了他的处女作《达契亚人》，正是以这段铭记于图拉真纪功柱上的史实作为故事背景，抒发了罗马尼亚人不畏强敌、追求自由的豪迈气概。从这部恢宏的史诗巨片开始，多才多艺、形象硬朗的尼古莱耶斯库成为罗马尼亚最富于传奇色彩的导演兼演员，他主创的众多作品甚至在中国也家喻户晓。生于二十世纪八十年代之前的中国人多少都看过他的电影：《沸腾的生活》《复仇》或是《最后一颗子弹》。当我们在布加勒斯特一间办公室里见到他时，这位年近八旬的老导演正在筹备他的下一部电影，而他的另一个身份，是罗马尼亚的议会参议员。

"罗马尼亚不是一个大国，却不得不一次次拿起武器，对抗武装入侵的强敌。"尼古莱耶斯库望着一幅年代久远的《达契亚人》电影海报说，"达契亚人领袖德塞巴鲁斯以自杀殉国，后来的罗马尼亚君主也多有勇武的战士。或许你知道，我最自豪的一部电影，就是三十年前拍摄的《勇敢的米哈依》。"

作为十六世纪末期一度统一瓦拉几亚、特兰西瓦尼亚和摩尔多瓦三大公国的强者，被冠为"勇王"的米哈依大公，直到今天依旧是罗马尼亚人崇敬的民族英雄。在布加勒斯特的大学广场上，矗立着一尊跃马挥斧的米哈依青铜雕像，庄严无畏地逼视着远方的敌

吉卜赛夫妇

人——大举进军巴尔干半岛的奥斯曼土耳其大军。从十四世纪末开始，国势日盛的奥斯曼帝国逐步侵吞多瑙河畔的罗马尼亚诸公国，在两百多年间，瓦拉几亚大公"老王"米尔恰、摩尔多瓦大公"智王"斯特凡以及罗马尼亚大公"勇王"米哈依，前仆后继地持续着抗击土耳其扩张的军事斗争，延续罗马尼亚人的文明血脉。在他们当中，还有一位人称"穿刺王"的弗拉德·泽贝什·德古拉大公，在十五世纪以骁勇和残暴著称一时。史料记载，布加勒斯特就是由这位嗜好用尖木桩处死战俘的大公兴建并定为罗马尼亚的首都。不过，弗拉德大公对现代社会的最大贡献，恐怕要算他另一个传奇的身份：永生不死的吸血鬼德古拉伯爵。

弗拉德大公之所以变身吸血鬼德古拉，大抵要拜一位十九世纪

的爱尔兰作家布莱姆·斯托克所赐。这位苦心孤诣地为自己的吸血鬼小说寻找灵感的业余作家，在罗马尼亚旅行期间偶然获知了泽贝什大公的身世与煞气，一时间豁然开朗，将德古拉的名号赋予了作品中的吸血鬼主人公，将他在喀尔巴阡山的城堡描绘成笼罩在邪恶气息中的幽暗禁地，随着德古拉的声名因小说与电影的翻炒不断升温，罗马尼亚人也假戏真做地将布拉索夫山区的布朗城堡指认为吸血鬼

喀尔巴阡山古堡

城堡，宣言德古拉曾在这座地势峭拔的古堡中被短暂幽禁，虽然没有溜出来择人而噬，却总算让这位国产的吸血鬼和布朗城堡有了历史性的关联。

"总的来说，罗马尼亚人对吸血鬼的故事不感兴趣，虽然它对于招揽游客很有些益处。"布朗城堡的导游乔治乌说。他带着我穿过一大批兜售吸血鬼面具、斗篷和马克杯的货摊，登上一崖陡峭的石阶，钻进了布朗城堡阴森的大门。城堡里面的陈设出乎意料地温馨，地毯与兽皮阻隔了寒冷的地表，装潢也是棕色实木与白色墙壁相间的地中海式风格，与其说这座城堡是吸血鬼的魔窟，不如说是贵妇人的闺阁。在昏黄灯光的映照下，我追思真幻莫辨的吸血鬼传奇，遥想那位凶悍的罗马尼亚大公竟因此而得不朽，历史的荒诞性不免令人莞尔。

"罗马尼亚末代王后玛丽曾经是这座城堡的主人。"乔治乌指着墙壁上悬挂的几幅老照片说，"20 世纪 20 年代到 40 年代，她常来这里消夏避暑，欣赏音乐，和情人们幽会。""二战"之后，罗马尼亚王室被驱逐出境，城堡也收归国有，直到 2006 年罗马尼亚政府才将其归还给玛丽王后的一名后裔，随之又爆出了拥有者因支付不起维护费用，准备全球拍卖布朗城堡的新闻，让这座据称价值上亿美金的古老城堡多了些现代社会的新噱头。

和斑驳老旧的布朗城堡相比，弗拉德·德古拉大公缔造的布加勒斯特在时代洪流的冲刷下，显得更为多姿多彩。这座曾经在战前被誉为"小巴黎"的城市，在近二十年不断拥抱欧洲主流文化的进程中，逐渐恢复了往日的风采，每逢夏日的傍晚，在雅典剧院周围的广场上，总会举办露天音乐会，布加勒斯特市民麇集于此，只为消除一日工作的辛劳；大学广场附近的人行便道上，半固定的旧书档也让人联想起巴黎塞纳河畔的书香。虽然在城市的某些地段，仍有几座形制死板的大楼，和中国二十世纪六七十年代的建筑风格相似（"那是因为我们都参考了同一张苏联建筑图纸。"我在布加勒斯特的

朋友瓦利笑着说），但那些历经百年沧桑的老街、王宫和教堂，那些
绽放在阳台与窗口的鲜花，都在传递着一种馥郁的文艺气息。

即便罗马尼亚人以他们的老欧洲格调为荣，但布加勒斯特的议
会大厦依然是当地人乐于推荐的观光景点。这幢巨大的白色建筑物
是齐奥塞斯库时代的权力象征，据说三十三万平方米的建筑面积使
其仅次于美国的五角大楼，位居世界第二。贵重的石材、复杂细致
的木工和宽厚绚丽的手织地毯，都令这座议会大厦显出与罗马尼亚
的国力不太相称的奢华气派。虽然一个时代已经结束，但这座巨大
的历史遗存物却并无退出舞台的趋势，它渐次褪去了往昔苦涩的政
治背景，成为一个政客、商人与海外观光者皆大欢喜的嘉年华乐园。
"按照罗马尼亚今日的政治环境，像这样的超级建筑恐怕成了绝响。"
在布加勒斯特生活了半辈子的瓦利说，"也许再过两百年，这座险些
被拆除的大楼就变成罗马尼亚的国宝了呢。"

"两年前，罗马尼亚正式成为欧盟的一员，我们总算不再是欧罗
巴的孤儿了。"在罗马尼亚电影基金会主管国际合作的多丽娅女士难
抑内心的兴奋，"我们有大把的电影合拍计划，罗马尼亚年轻人也有
了更多的发展机会。"在她的陪同下，我专程参观了布加勒斯特郊外
的巴夫迪亚电影片场，这个曾经拍摄过《橡树，十万火急》《爆炸》
之类罗马尼亚老电影的国营电影制片厂，在二十世纪末被出售给了
一家私人公司。由于人工费用相对低廉，制作团队经验丰富，很多
欧洲和美国的电影公司来这里拍摄外景，片场的摄影棚里总是出入
着制景工人和摄制组成员。在我短暂的访问期间，一个有关吉卜赛

喀尔巴阡山小城

人的电视连续剧正紧张地拍摄着。

"罗马尼亚有很多吉卜赛人，这部关于吉卜赛生活的戏也很受观众的欢迎。"多丽娅说，"但我们的剧组里没有吉卜赛人，男女主人公都是由罗马尼亚人饰演的。"望着在大篷车四周走来走去，穿着艳丽民族服装的演员们，我好奇地问在哪里能见到真正的吉卜赛人。答案是被称作罗马尼亚心脏的特兰西瓦尼亚地区。

特兰西瓦尼亚是一个地理环境与人文历史都十分繁复的山林地带，被称作欧洲最后一个神秘角落：吸血鬼、狼人和火龙的栖身之地。除了世代生息于此的罗马尼亚人之外，这里还生活着日耳曼人、匈牙利人以及为数众多的罗姆（吉卜赛）人。"特兰西瓦尼亚的城堡都是日耳曼人修建的，他们曾经是这片土地的领主，罗马尼亚人却在乡下务农。"听说我要去西吉什瓦拉和锡比乌这些古城，刚从国外电影节归来的罗马尼亚导演克里斯蒂·普优显得略有些不满，"特兰西瓦尼亚的精华其实在它的乡村、山谷和森林里，你想寻找的吉卜赛人也在那里。至于那些日耳曼风格的城镇，我不觉得它代表了罗马尼亚的纯正气质。"

一番权衡之后，我还是按照原计划来到西吉什瓦拉古城，毕竟这里是联合国教科文组织命名的世界文化遗产，还诞生了著名的吸血鬼德古拉大公。小镇格局逼仄，纵横的几条街道被环绕在林立的雉堞当中。令人印象深刻的是一座充任城门的钟楼，古旧的墙体上镶嵌着一面奢华的表盘，似乎在彰显着时间于这个世界的奥义。在这座城门内侧，一幢黄色大屋的门外赫然是一面标牌，铭示这里就是弗拉德·德古拉的出生故宅，几步之遥，一尊德古拉大公的青铜雕像便屹立在小广场上。无论真实还是附会，吸血鬼的传奇的确为罗马尼亚那些几近荒废的古城带来了源源不断的游客，也让身处群山内陆的西吉什瓦拉继续褒有她中世纪的沧桑记忆。

与西吉什瓦拉哥特式风格迥异的另一座特兰西瓦尼亚古城，是曾经在 2007 年轮任欧洲文化首都的锡比乌。这份殊荣为锡比乌带来的不仅是焕然一新的市政广场和"蛋糕一样鲜亮"的公共建筑，更让刚刚加入欧盟的罗马尼亚增添了文化自豪感。两位年轻的锡比乌市政府官员带领我参观了装修一新的市政厅——他们时尚的装束与流利的英语也展现了这座城市的国际化身姿。"锡比乌是罗马尼亚最开放的城市，虽然我们的历史遗产也足可引以为傲。"市政府的女发言人玛丽说，"一个每年都举办爵士音乐节和戏剧节的城市，也是一个不断创造财富的城市，这就是锡比乌人的理想。"

在锡比乌的民俗博物馆门外，几名服装质朴、面色沧桑的老年男女售卖着铜锅、草筐和木碗。男子头戴宽边毡帽，女子扎着头巾，身着鲜艳的长裙。他们是生活在古城周边的吉卜赛人，用祖传的手艺延续着传统的谋生之道。对我而言，罗马尼亚的吉卜赛人依然是隐形的族群，他们装饰着锡比乌美丽的广场，却显得和这座城市的未来之梦格格不入。

在我即将告别这座城市的时候，无意中发现那些藏身于老宅屋顶的阁楼小窗，如同一只只睁开的眼睛，有些回眸历史，有些眺望将来，似乎满怀着慨叹与憧憬。我忽然想起了罗马尼亚女诗人安娜·布兰迪亚娜的那首《赞美诗》："但谁，航行在我睁开的眼睛上，不会向你索要一缕虚无之风呢？"思忖之际，一曲小提琴的旋律从我身后那些吉卜赛人的肩头袅袅地飘来，又消散在特兰西瓦尼亚的夜空里。

六　土耳其：影像与文明的跋涉

土耳其的吊诡之处，在于它交叠错乱的历史岩层之间，呈现出截然不同甚至互相抵牾的文明样貌。在安纳托利亚高原的滚滚红尘中攻伐消长的赫梯人、希腊人、弗里吉亚人、吕底亚人、波斯人、罗马人以及从中亚纷至沓来的突厥人，都曾将自己的征服印记涂抹在这方土地上，并戮力遮没掉前朝的荣光。一如伊斯坦布尔曾被改造成清真寺的圣索菲亚大教堂，剥去内壁层层灰泥之后，显露出来的却是珠光宝气的基督圣像；抑或安卡拉城郊山坡上的古堡，历朝历代的碑碣、柱头、神坛一股脑都堆成了筑墙的砖石，莫若奈何地担当着抵御炮火轰击的宿命。但人类社会肇始以来，安纳托利亚高原就是生生不息的文明策源地，即算大浪淘沙，残留至今的古物遗存也还得以昭示昔日轮番上映的风流盛景，所谓"故国神游，多情应笑我，早生华发"，跋涉于小亚细亚腹地的黄沙路上，其实也正如回放一场见证文明兴废的老电影。

若以古代遗存的图形影像为旅行的线索，不妨将土耳其首都安卡拉的安纳托利亚文明博物馆作为此番行程的起点。在这座曾经当选"欧洲最佳博物馆"的旧时客栈和市场里，近万年前的岩画以炭黑或赭红的粗犷笔触，勾勒出史前人类狩猎与献祭时的图景。桀骜不驯的猎豹、公牛、野马震慑着远古膜拜者的灵魂，人与非人的分野，也从这些朴拙的绘画中渐次有了清晰的边界。新石器时代（公元前8000—5500年）的众多"母神"雕塑端坐或侧卧，胯下常见新生的婴儿，正是初民时期的信仰偶像，她们丰腴肥胖的形体也让人顿悟"性感"一词，其实是对肥沃与繁殖的赞美，绝不应和苍白纤瘦的体貌有何瓜葛。

馆内陈列的史前陶器上还多见"卍"字，这一在人类历史上播传广远、意味深长的古老符号，最早的发源地或正在安纳托利亚高原。在琐罗亚斯德教、苯教、佛教先后以其象征宇宙的奥义之后，13世纪土耳其科尼亚以真人的舞蹈演绎这一符号，并在当代成为联合国教科文组织认定的世界文化遗产。

安卡拉地区曾是赫梯人（Hittites）的故土。安纳托利亚文明博物馆也因此类藏品丰富，又被称作"赫梯博物馆"。这个在亚欧诸王国的序列中承前启后，既埋葬了巴比伦王国，屡屡抗衡于古埃及，却又忽然铩羽、折戟沉沙三千多年的好战民族，将他们骁勇的容颜存留在粗石刻制的浮雕上：全副武装的战士荷矛负盾，森然列队行进；贵族们驾驭着骏马战车，张弓搭箭，遥遥指向远方的敌人；而那些与神灵为伍的赫梯国王也浮现出永恒的微笑，静静等待着与他们不期而遇的后世子孙。王国崩溃后，赫梯人的史迹长久不彰于世，只在《旧约》中曾被语焉不详地提及。直到十九世纪那些在安纳托利亚高原搜寻《荷马史诗》或《圣经》遗迹的欧洲学者们，贸然闯入了赫梯人尘封数千年的都城哈图萨斯，数以万计的铭文泥板与出土文物才逐渐揭开这一失落民族的真实样貌——他们强大的军事力量、娴熟的外交谋略以及在炼铜冶铁方面精湛超群的技能，足可令数千年之后的人们赞叹不已。

赫梯人留给土耳其的文明遗产，除了博物馆内陈列的石雕、铜器与泥板之外，还有他们独具风情的红陶酒具。当代的土耳其陶匠们模仿公元前16—14世纪赫梯陶器的样式与纹样，让绘有彩色人像或禽兽，状若空心圆轮或鹰首鸟喙的彩陶酒器在坊间大行其道。虽然鲜有人再捧起它们斟酒佐醉，但对酒当歌时，遥想昔日的赫梯大军在小亚细亚的滚滚黄沙中匆匆行过，也不妨喟然一叹"人生如梦，一樽还酹江月"。

走出安纳托利亚文明博物馆，顺着山坡上行不多远，便是本文开篇时提到的安卡拉城堡。因思古而郁积的幽情或可在这座历经沧桑的古堡中疏浚开来。史载该城堡最初由迦太基人修建，后来在罗马人手上得以大成。随着波斯人、阿拉伯人、突厥人潮水一般地与东罗马帝国争锋鏖战，安卡拉城堡也在千年的攻防转换中不断被摧毁与重建。在厚重的城墙上游走，脚下是一眼望不到边际的红顶老屋，漫山漫谷地铺陈开去，洋溢着奥斯曼帝国时代的市井风情。安卡拉虽是土耳其的首都，却因地处内陆，景色荒芜，并非海外游客青睐的观光热点，因此来城堡上消磨时间的大多是本地人：情人坐在石阶上私语，孩子们站在敌楼上放风筝，高墙四合的瓮城之中也有三五少年郎踢球，一派不求闻达的草根气息。

其实自古以来，安卡拉便是帝国政治版图的边陲，直到 1923 年穆斯塔法·凯末尔在奥斯曼帝国的废墟上建立了土耳其共和国，这座与旧势力瓜葛不深的内地城市才被重新定义为新政权的首都，但无论外人抑或是本国民众，内心里大抵仍以千年古都伊斯坦布尔为土耳其的首善之地。安卡拉人格外的朴实与热情。

但与美国华盛顿、巴西首都巴西利亚等政务专区相似，安卡拉的影像气质偏重于国家意志的强力表达：满目皆是红底白星月的土耳其国旗，国父凯末尔的巨幅肖像也无所不在，有关他的一切——从长眠的陵寝到他生前用过的汽车、武器、服装——也都为一种不可侵犯的圣洁光环所笼罩。神庙风格的纪念堂、列队敬献花环的学生、军姿威武的士兵以及神道两侧彰显出爱国主义激情的土式"翁仲"，都延续着亚细亚传统的东方文明血脉。而对于来自亚洲另一厢的中国游客来说，这番熟悉到骨子里的情景，倒的确能抚慰一点淡淡的乡愁。

卡帕多奇亚乖张的风蚀地貌和玄机暗藏的地下迷城，让全世界观光客都趋之若鹜。莽莽荒原上参差林立的石笋、石堡、石蘑菇、石骆驼固然奇诡，但看得多了，特别若是早先在新疆戈壁滩上受过些视觉的洗礼，也就不再觉得这些"魔鬼城"的表兄弟们有何特异卓绝的魅力。然而卡帕多奇亚又的确是一方不容错过的风土，人类文明借由斑驳的影像附丽于如此贫瘠的山谷之中。十多个世纪前窜逃至此的基督徒们在火山岩锥间开凿出避世乐园。他们将这片小亚细亚腹地的荒野雕琢成一个生意盎然的社区，虽说深藏在地下，若以一千年前的标准来说，居住品质却并不苟且：卧室、客厅、厨房、厕所一应俱全，水源清洁、通风顺畅，还有礼拜堂与酿红酒的作坊。

在毗连成片的山谷中，最为堂皇的要算修道者们留存在洞窟石壁上的壁画，这些源自《圣经》以及民间传说中的"耶稣本生故事"，从"天使报喜""三王来朝"一直演绎到"下十字架""基督升天"，再加上各路传道殉教的圣人奇迹，把当时还处于半地下状态的基督教义浓墨重彩地描绘成连环画，将来自不同地区，却怀有相同信仰者的血脉彼此勾连在一起。

这些石窟壁画无论从形制、画风、色彩运用还是宗教价值上，都能令东土远来的游方者似曾相识，让人在某些时刻联想起新疆克孜尔千佛洞或敦煌莫高窟的壁画作品。虽然后者理想中的极乐世界与基督徒们的彼岸天堂少有雷同之处，但丝路两端的艺术交流却未必因宗教的异趣而彼此淤塞。卡帕多奇亚地区自亚历山大帝国以降，一直笼罩于古希腊的文明光辉之下，笃信正教的早期基督徒们自然也以希腊传统的绘画技法描摹《圣经》中的场景。而克孜尔与敦煌的早期壁画曾深受犍陀罗风格的影响，其渊源亦可追溯至泛希腊时代。因此不同民族与地方的信仰容或有异，供养者和修行者用以礼赞神明的艺术却可能源于一脉。

在卡帕多奇亚地区，除了葡萄酒的酿造技法，希腊人的影响似乎早已消弭殆尽。许多希腊村庄成为连绵的废墟，牧人的羊群从断壁残垣间走过，荒芜得着实令人伤感。昔日的基督教堂大门闭锁，或者被改造成清真寺。土耳其与希腊之间的民族恩怨，从奥斯曼帝国时代一直绵延到今日。两国在上个世纪更因希腊独立以及塞浦路斯争端互相驱逐侨民，这些渺无人烟的希腊荒村想必正是希、土冷战时代的离乱遗迹。五年前，希腊导演塔索斯·布尔梅斯拍摄过一部名为《香料共和国》的电影，恰是这段悲情历史的抒情体写照，只是将缅怀的场景搬到了更具象征意义的伊斯坦布尔——很多希腊人仍愿称之为君士坦丁堡。

《香料共和国》讲述世居伊斯坦布尔的希腊裔少年范尼斯，自幼便在祖父开的香料店里熏陶，既有调味烹饪的天赋，更与一名土族少女青梅竹马。后因希、土国族冲突，范尼斯一家被迫离开客居的故土，前往陌生的祖国希腊安身立命。心灵受创的少年将香料的芬芳埋藏在记忆深处，长大后成为卓有建树的天文学家。但故国乡愁终将他带回到伊斯坦布尔，寻找童年旧梦与他的初恋情人。虽然一切皆成往事，弥漫在老城街头的香料芬芳却依然令人沉醉。

在伊斯坦布尔的香料市场摆摊售卖茴香、桂皮、番红花之属的商贩，今天仍大有人在，只是不再像《香料共和国》中的百年老店那样迷离暧昧，而是排档林立，井井有条。虽然本地人也会来此选购调料用品，但这家四百年老市场最重要的主顾，还是如潮水般汹涌而来的外国观光客。他们所青睐的商品，也未必是古老的东方香料，反倒是丝巾、瓷器、金饰或其他林林总总的旅游纪念品，圣母、基督的小像，点缀着土耳其传统的"辟邪眼"，颇有些天下大同的景象。香料市场中还有一家"成龙的店"，据说成龙拍摄《特务迷城》的时候曾经在这个摊位上大秀功夫。年轻的店主汉语流利，不但每一件商品都插有中文标签，还凑趣地张贴着"抵制日货"的窝心标语。

对中国人来说，伊斯坦布尔的圣索菲亚大教堂和蓝色清真寺固然壮丽，彰显着这座大城千年的沧桑与荣光，却总有些隔靴搔痒的意思，除了观赏建筑与镶嵌壁画之美，未必能感受到它们在各自信仰体系中超凡的宗教价值。倒是奥斯曼帝国历代苏丹世居的托普卡珀宫，会让到访的华人参照北京故宫的形制与功能，发一番东方两大帝国的兴亡之叹。

土耳其与中国在十九世纪末叶并称亚洲的两位"病夫"，被西方列强瓜分蹂躏。清朝末代皇帝溥仪于1912年退位，结束了中国漫长的帝制时代；1922年，奥斯曼帝国的末代苏丹穆罕默德六世亦遭国民废黜，地跨欧亚两大洲的帝国版图更分崩离析。在废墟中重生的两国共和政府都将昔日的皇宫内院辟为博物馆，供民众观瞻游览。伊斯坦布尔的托普卡珀宫在规模上虽远较故宫为小，但宫廷建筑华美而庄重，突厥—伊斯兰气质纯正，在绿树环抱中次第铺陈，反倒少有紫禁城的那份森严与压抑。

走过苏丹处理国政的朝房，一道门扉之后，便是令全世界男子想入非非的土耳其后宫内院。庭院深几许，香榻尚温存，虽然衣衫曼妙的嫔妃佳丽早已芳踪难觅，但过往的音容却未必云散烟消。十九世纪的欧洲新古典主义画家们留下了大批香艳的画作：单是安格尔笔下的《大宫女》《土耳其浴室》《土耳其宫女与女奴》，便令时人与后人神魂颠倒。到电影人能运用光影营造太虚幻境时，土耳其后宫更成了一种撩人的意象，被接二连三地搬上银幕，其中又以土耳其裔导演弗赞·欧兹帕特克拍摄的《后宫规条》（Le Dernier Harem，1999）最有奥斯曼帝国时代的奢靡风致。

《后宫规条》以一名被送入土耳其后宫的意大利女子茜菲的命运为线索，缀连起宫廷里的浮华百态与阴谋倾轧。影片剧情虽欠高妙，在场景服饰、气氛渲染上却下足功夫，好似安格尔油画的活动版本，一唱三叹，骨子里浸透着对王朝没落的无奈悲情。后宫嫔妃作鸟兽散，作为两千年古老文明的终老之地，伊斯坦布尔也放弃了她在政治上的悠久传统和古老权谋。"奥斯曼帝国瓦解后，世界几乎遗忘了伊斯坦布尔的存在。我出生的城市在她两千年的历史中从不曾如此贫穷、破败、孤立。"土耳其作家奥尔罕·帕慕克在其自传作品《伊斯坦布尔》的开篇写道，"她对我而言，一直是个废墟之城，充满帝国斜阳的忧伤。我一生不是对抗这种忧伤，就是（跟每个伊斯坦布尔人一样），让她成为自己的忧伤。"

帕慕克在文字中流露的忧伤，也弥散在与伊斯坦布尔相关的影像当中。摘得过戛纳电影节奖项的土耳其影人努里·比格·锡兰在其影片《乌扎克》（Uzak，2002）中，冷峻地凝视这座冬日里落寞萧条的老城。失却激情的摄影师，谋生无门的乡下表弟，疏离的情感，压抑的欲望，踟蹰在主流世界边缘却无可归属的异乡游子……或许这才是伊斯坦布尔在风光明信片背后隐藏的现世困境。

　　虽然伊斯坦布尔的街头充斥着来自欧美的游客，虽然欧洲杯足球赛尚能接纳这支脚法粗犷的突厥劲旅，但涉及欧洲一体化进程时，这个近百年来始终追求脱亚入欧的伊斯兰国家却只能当一名门外汉，听任欧盟各国对其地缘政治或人权问题百般责难。徘徊在亚、欧两大文明板块之间的土耳其，又何尝不是一名歧路彷徨的游子，漂泊在传统与未来之间的中际线上。曾经架设起第一座欧亚大陆桥的马上民族国家，仍在艰难地寻求她身份的皈依。

七　冰岛：维京武士的战歌

　　冰岛人说："世界历史缺少了冰岛这一章节，其实并不会有什么特别的改变。"孤悬海外的冰岛虽然与欧洲大陆重洋远隔，却因为一种共通的精神血脉，在人类的文明史册中，依然占据着独特的一席。无论是记载在羊皮纸页上的《萨迦》诗篇，还是传唱在荒原暮色里的维京战歌，都让这座冰火交融的极边海岛，成为北欧神灵与武士们共同护佑的传奇乐土。

　　踏上冰岛的土地，恍若回到了久违的西藏高原。虽然海拔不高，但清朗的朔风寒意浸人，低垂的云脚下是苍黄杂色的苔原，绵密的地衣渺然望不到边际，荒凉无匹的地貌如同世界的尽头。直到走入冰岛首都雷克雅未克，在简洁得近乎简易的市区里，才能感悟到人的刻意存在。从任何意义上说，冰岛仍是一个弥漫着边疆气息的人类堡垒，大自然掌控生杀的力量，精灵出没在岩间泉畔，而古老的神话依然滋生在人力不可企及的荒野深处。

"冰岛人是北欧维京人的后裔，我们的历史也正是维京武士远航天涯，寻找家园的历史。"冰岛国家博物馆的学者厄尔娜说，"从公元九世纪挪威航海者在冰岛的海滩上登陆，将人烟播撒在这片荒凉的土地上，冰岛就成了一片人神共居的世外桃源。祖先的勇武与开拓精神，不但让二十六万维京后裔生息于此，还留下一篇篇久已失传于欧洲大陆的史诗神话。冰岛当然是世界的边缘，但历史一次次证明：古老文明的火种却往往存活于遥远的边缘地带。"

冰岛国家博物馆收藏的文物，再现了维京定居者从早期筚路蓝缕、艰苦图存到晚近民生富足、共和独立的历史全景。然而，冰岛人最珍贵的文化遗产：上百部薄厚不一、纸页斑驳的《萨迦》古抄本，都保存在市区内的另外一间陈列馆内，在昏黄的灯光下，幽幽地诉说着往昔的传奇。《萨迦》原本是北欧维京人在火塘边、盛宴时聆听的诗篇，口耳相传，弦歌相颂，并无固定的书面文本。直到维京人皈依基督教两百年后，骁悍勇武的海盗精神已近湮灭的时候，冰岛的修士们才将其镌写在羊皮纸上，几经辗转誊抄，终于以书卷的形式留存至今。

《萨迦》是北欧古代历史与神话的一泓倒影。那些曾在基督教舶来之前威名远扬的众神：神王奥丁、雷神索尔、战神提尔……都曾是维京人信仰的依托。性情强悍的北欧神祇勇武地护卫起天界与人间，他们招揽战死者的英灵，枕戈待旦，时刻准备与毁灭世界的恶势力战斗。因此维京武士随时乐于在征战中献出生命，让他们的灵魂在戎装仙女的陪伴下，迈入奥丁神以长矛和盾牌修筑的"英灵殿"——瓦尔哈拉宫。

"奥丁是战争的主宰，也是商船的守护者。"萨迦博物馆的讲解者玛利亚告诉我，"这正是维京人的双重信仰：当他们寻找到贸易伙伴时，便公平地与之交易。如果遭遇的对手没有通商的价值，他们就用战斗和劫掠来解决问题。"这些黑白两道通吃的航海者曾经叱咤欧洲，所向披靡，他们的后裔不但登基成为英国的王室，而且建立了强大的俄罗斯帝国。

当维京人的战船终于消失在历史的天际线外，"上帝的荣光"覆盖了北欧众神的尚武豪情，若干个世纪以来，带有"蛮族"和"异教"血统的维京文化陷落在基督教的汪洋大海之中，寂静无声地潜藏在冰岛修道院的羊皮书卷里。直到近几十年，欧洲各国纷纷兴起了维京文化的复兴热潮，二十世纪最重要的魔幻小说《魔戒》，便是精通古代欧洲语言的英国牛津大学教授托尔金，以北欧神话为蓝本创作的煌煌巨著。曾经澌灭千年的北欧"海盗"再度粉墨登场，冰岛也成为当代维京人每年聚众欢宴，传习技艺的一方圣地。

位于冰岛北部的小镇卡拉盖特名不见经传，如果不是一夜之间，小镇郊外的草地上搭建起一圈白色的帐篷，凭空出现了上百名奇装异服、怒发虬髯的不速之客，此间庸常平静的生活绝不会被猝然打破。"我们是维京文化的传承者，北欧海盗的精神后裔。"这些人的首领——丹麦老汉绍尔特说，"我们来自丹麦、挪威、英国、波兰，当然还有冰岛本地人。我们唯一的相同之处就是热爱维京人的古老传统，并希望我们的孩子们也能够了解祖先的故事。"

冰岛的夏至长昼不夜，正是北欧神话里光明之神巴尔德尔主宰世界的日子，一年一度的维京海盗节就此拉开帷幕。隆隆的战鼓声和高亢通灵的歌喉招来镇上好奇的孩子们，一柄木剑和一面绘着兽纹的木盾，让他们转瞬成为一千年前的维京少年。好戏开锣，一群强壮的北欧汉子呼啸入场，在草坝上演练维京人热爱的健身游戏。其中一种类似中国孩子玩的"老鹰捉小鸡"，只是经这些彪形大汉奔跑往还，就好像蜿蜒的巨蛇一般。他们更擅长的游戏是将彼此压倒在地，再挣扎着从对方铁钳般的臂弯里抽出身来，同时发出愤怒的吼声。维京女子也有她们喜爱的项目，两人头戴马头面具，遮住双目，双手抡起沙包向对方抽打，倘若迷失了方向，各自朝着虚空猛砸一气，便会惹来观众的哄笑。

"维京游戏"单元的组织者是一位学者模样的冰岛人萨基："古时的维京人酷爱各种竞技游戏——当然，是在他们没有外出掳掠的时候。"萨基扬起圆圆的面庞，微笑着说："这些游戏充满了对抗性和实战性，实际上是海盗们战斗之前的热身训练。很多维京游戏早已失传，或者只在文献中略有描述。我们努力发掘和复原出三十多种游戏，有些太过激烈，只能由成人来表演，但大多数却深受孩子们的欢迎。"

的确，脸上涂满花纹的小武士们在海盗节的"维京学校"里受到了严格的训练。他们依次用手中的木剑敲击导师的盾牌，再在剑客们的指点下演练攻防的技巧。粗通武艺之后便开始捉对厮杀，这些从小生活在温室里的孩子迸发出血脉中潜流的野性，甚至把凶悍的"大盗"们追打得落荒而逃。

"今天的孩子其实被剥夺了许多天然的乐趣。"来自英国的维京战士约翰训练着两名兴奋的冰岛男孩，"他们整日坐在电视前，吃着垃圾食品，丧失了生命的活力。我们的训练不是让他们奉行暴力，而是要他们懂得生存有时要靠自己的双手，要学会忠诚、合作以及勇敢无畏的精神。"

根据史书记载和发掘的文物，维京人除了航海、耕作与掠夺之外，还是技艺精湛的能工巧匠，他们雕琢的饰品享誉古代欧洲社会，刻木冶炼、制造兵器更是别具匠心。当代的维京文化复兴者热衷于继承祖先的工艺遗产，回归到质朴的手工时代。从身上的袍服、手中的刀斧，到用整根原木雕刻的奥丁神像，这些出现在海盗集市上的维京匠人，骄傲地展示着他们的传统技艺。

一位须发雪白的老者坐在毡垫上，沉醉地镌刻着怀中一块长方形木板，上面是北欧众神的形象和古老的如尼文字。"我是哥本哈根维京组织的首领。"老人拉起衣襟，上面缀着一枚金质的小斧，标志着他的领袖身份，"我们的组织主要研究和制造维京时代的投石机，也就是火炮发明之前，北欧海盗们用来攻城略地的大型战械。"虽然复原投石机不再是当代顶尖的高科技项目，但老首领显然自得其乐："我们当然不会拿造出来的古老武器发动战争，毕竟今天已经不再是巨舰横行的维京时代了。不过，自从枪炮发明之后，我们已经遗忘了多少精彩的战争技艺？难道不应该让这些曾经辉煌过的大型冷兵

观看武士的孩子们

维京武士

维京女人也尚武

器重见天日吗？"

虽然伟大的投石机没有在冰岛小镇上炫目登场，但随着一声声呼啸和怒吼，几十名大刀阔斧的维京武士冲到了草场中央，准备进行一场古典时代的生死鏖战。据说在维京时代，当两船海盗在汪洋中狭路相逢，便会将跳板搭上敌船，各自列阵，逐个走上跳板与对方的武士单挑独斗。没有谁会在这样的致命厮杀中犹豫畏缩，因为死者的灵魂将奔赴大神奥丁的英灵宝殿，而临阵脱逃的懦夫却从此生不如死。海盗节上的维京武士们虽然不再有性命之虞，但挥刀砍盾的时候却毫不手软，厚木打造的盾牌被砍得碎屑飞溅，刀光剑影不离对手的胸腹要害。不出半个时辰，"尸横遍野"的沙场上只剩下两名强者在做最后的搏杀，正当四围的看客们屏息观战的时候，他们却忽然改了主意，勾肩搭背地去小镇的酒馆里喝酒去了。

"各国的维京武士都是无比忠诚的伙伴，这也是我加入维京社团的主要原因。"来自英国的刀斧手亚历山大掸去身上的浮土，又拉起刚刚被他"砍杀"的敌人——波兰武士菲尔斯，"我们热爱古典时代的搏击术，也向往那时豪情万丈的海战生涯。虽然晚生了一千年，但我们都觉得自己属于那个逝去的时代。当我们发现有更多的志同道合者，便愉快地生活在一起，像昔日的维京武士那样彼此忠诚，同舟共济。"

虽然在冰岛小镇上亮相的"维京武士"来自五湖四海，但三杯蜜酒、两片烤肉，再加上先前的一场刀兵对战，便让他们彼此亲如兄弟。午夜的日光斜照在荒凉的海滩上，熊熊点燃的篝火映照着一张张乱发飘飞的迷离面孔。乐师们敲击着手鼓，放纵几名吟游歌手出魂的哼唱。当涌动的潮汐宣告又一个黎明降临之际，空无一人的乱石滩上只余下维京武士不灭的战歌。

八　朝圣之路：走向圣地亚哥

引子

横贯法国与西班牙的圣地亚哥之路，是一条以基督教殉道使徒圣雅各埋骨之地为终点的朝圣路线。沿着贝壳图案指引的方向，朝圣者得以穿越山区和荒野，一直走向道路的尽头——位于西班牙加利西亚大区的圣地亚哥—德孔波斯特拉。歌德曾将这条路线称为凝聚欧洲人信仰的血脉之路。在这条早已被列入联合国世界文化遗产的朝圣路上，旅行者可以感受中世纪基督教信仰者的虔诚气息，更可在艰辛的旅途中，体验超乎于世俗之上的生命价值。

非凡之事存在于常人之路上。

——保罗·科埃略《朝圣》

圣地亚哥之路是一条通往圣地的灵魂道路，在上千年的时间里，无数虔诚的朝圣者、苦修者、吟游者和圣殿骑士们，令这条舒展于西班牙北部的漫漫长路充溢着灵性的光芒。虽然旅行的终点只有一个：圣地亚哥大教堂那薰香四溢、圣歌悠扬的圣坛脚下，但道路的起点却永远随心而始，或许是巴黎，或许是马德里，或许是纽约，或许是北京……当我们背起行囊，起身踏上这条蜿蜒于雪山与荒原、勾连起乡村和城镇、思接于历史与现实的朝圣之路时，曾经回响在道路上的歌声，又在耳边悠然响起。

暮光之城：萨拉戈萨的沧桑面孔

在萧瑟的晚风中，埃布罗河泛起粼粼的波光。华灯初上的皮拉尔圣母大教堂倒映在河面上，呈现出凌越世俗的异色之美。萨拉戈萨老城沉浸在历史的暮光中，以一种明澈的神思回望着往昔的悲欣岁月。"你可知道，伊比利亚半岛正是以埃布罗河命名，用'西班牙的母亲河'称呼这条宽广的河流正可谓恰如其分。"生活在萨拉戈萨的罗兰娜·瓦雷诺女士站在横跨大河两岸的桥梁正中，为我讲述这座名城的缘起，"我们的祖先伊比利亚人栖水而居，让这座城市拥有了繁荣的资本。恺撒·奥古斯都曾经是这片土地的征服者，也赋予了萨拉戈萨今日的名称；来自北非的摩尔人曾在这里建立起强大的伊斯兰王国，《罗兰之歌》与《熙德之歌》都曾提及它的强盛；而西班牙帝国的缔造者之一：阿拉贡国王费尔南多二世，也正是从这座城市出发，展开了统一国家的最终战役……"萨拉戈萨的风声应和着罗兰娜的诉说，扫落几许秋日里的落叶，似乎在吟咏过往的英雄史诗。

直到今天，萨拉戈萨还遗存着众多古老的遗迹。古罗马圆形剧院被环绕在车水马龙的街巷之间，每到夜幕降临，这里便重新上演起罗马帝国的辉煌往事。似乎时光可以倏然倒流，早已面目全非的老城又回到了恺撒·奥古斯都统治的黄金时代：蒙尘的市场再度人声鼎沸、空寂的浴室重又流淌着清泉，而早已废弃的埃布罗河港口也停满了四方往来的帆船……随着剧场灯光的悄然熄灭，一个恢宏的帝国时代也随之消亡在历史的虚无里。

正如西班牙南部那些多元文化错综交叠的古城一样，萨拉戈萨也因为经历过数百年伊斯兰文化的熏陶而显得风情馥郁。在老城的郊外，有着近千年历史的阿尔哈菲利亚宫兀然独立，深沟巨壕与高耸的碉楼，似乎仍在守护着摩尔王族生息于此四百余年的秘密。步入禁卫森严的宫廷大门，整齐栽种着橘树的庭院象征着灵魂永生的天堂。一扇扇雕镂精美的拱门彼此重叠呼应，华丽得令人窒息。虽然王宫的主人早已离去，但时光却刻意停留在千年前的某个黄昏，清风送走暑气，乌德琴的播奏依稀可闻，衣袂翩翩的舞女恍若出没在阴晴莫辨的光影里，飘逸出来自大马士革香料的气息……

如果以朝圣者的目光注目萨拉戈萨，这座城市更是一方神迹显现的圣地。位于埃布罗河畔的皮拉尔圣母大教堂见证了基督教信仰如何在这座城市生根繁育的历史。传说耶稣十二使徒之一圣雅各传教至萨拉戈萨，在公元 40 年 1 月 2 日见到圣母玛利亚向其显灵，慰问这位不辞劳苦在伊比利亚半岛传播教义的基督门徒。圣雅各遂将玛利亚携来的一根石柱供奉于埃布罗河畔的小教堂内，据说这也意味着圣母崇拜在基督教世界的伊始。

从此以后，萨拉戈萨以"玉柱圣母"名扬天下，这座珍藏着圣物的教堂也在岁月的潮汐变幻中盈缺起落，从最初的一间简陋石室，到今天高耸入云的巴洛克式殿堂，被饰以金箔、围以锦缎的"玉柱"始终是人们崇敬的焦点。也正是这宗基督教传播史上的传奇故事，令萨拉戈萨与遥远的圣地亚哥 — 德孔波斯特拉拥有一道紧密的关联。作为最受西班牙人尊崇的保护者，圣母玛利亚与圣雅各共同支撑起一方千年信仰的天空。古往今来，不知有多少人从萨拉戈萨的皮拉尔圣母大教堂得到启示，朝向远方的圣地亚哥迈出虔诚的脚步，而这条圣地亚哥朝圣之路的分支，亦被称作"埃布罗河圣地亚哥之路"。

皮拉尔圣母大教堂与其周遭的古典建筑，环绕成一片空旷的广场，其间端坐着一尊西班牙画家弗兰西斯科·戈雅的雕像。戈雅出生于萨拉戈萨郊外的芬德托尔斯，早期的绘画生涯便始于这座宗教氛围浓郁的城市。他在二十五岁时为皮拉尔圣母大教堂绘制了穹顶壁画，虽然没有达到其巅峰时代的艺术水准，但恢宏的大师气象仍足以令后人高山仰止。戈雅作为一个时代的象征性人物，见证了西班牙帝国的黯然衰落。他后期的绘画丢弃了古典主义的浮华，代表一个受伤的民族发出悲恸的呻吟。在萨拉戈萨的地方博物馆内，还收藏着戈雅晚期的多幅作品。扭曲的形体与挣扎的灵魂，似乎是在奋力冲破黑暗的宿命，虽然黎明依然遥未可期。

一阵欢呼声打破了凝滞于历史深处的悲凉气氛，在皮拉尔广场尽头，与戈雅雕像遥遥相望的市政厅外，盛装的人群簇拥着一对刚刚完成结婚登记的新人走出大门，鲜花被抛向半空，闪光灯划开阴霾，身着雪白婚纱的新娘微笑着挥手向众人致意。生命何其芳菲，在皮拉尔圣母大教堂的永恒背景之下，尘世的每一场婚约都值得礼赞——耶稣不正是在迦拿的婚宴上第一次显露出他非凡的神迹吗？浑厚的教堂钟声回响在萨拉戈萨的老城上空，沿着奔流的埃布罗河，通往圣地亚哥的道路在我脚下次第展开了。

杯酒人生：洛格罗尼奥的醉人芬芳

抵达拉里奥哈大区的首府洛格罗尼奥是一个阴雨的黄昏，街头亮起的灯光勾引着旅人的乡愁。循着贝壳状的黄色路标，走在幽深的街巷里，仿佛一脚踏入中世纪的旧梦，周遭默然往来的过客，都是从岁月的转角处走过的朝圣者，怀着各自内心的愿景，在不同时代里途经这座飘着细雨的小镇。花岗岩路面的小巷尽头，一幢灰色的教堂肃然耸立在苍穹之下，这就是洛格罗尼奥的圣地亚哥教堂——

朝圣之路上必要经停的一座心灵驿站。

虽然在今天圣地亚哥朝圣之路的旅游纪念品商店里，圣雅各总被塑造成一位头戴镶着贝壳的宽沿毡帽、身披斗篷，挂一支弯头拐杖的慈祥老人，但是历史深处的圣雅各却代表着基督教世界的铁血惩罚，鼓舞着自九世纪起风起云涌于伊比利亚半岛的西班牙光复者们。

圣地亚哥教堂附近的一条小巷里，一家临街的作坊在渐沉的暮色里还没有歇业。主人用牛皮制作贮存饮料的革囊，据说自从朝圣者在千年前涌入洛格罗尼奥，这种轻便而结实的酒囊便成为圣地亚哥之路上最受欢迎的旅行伴侣。根据一本朝圣手册的观点，它甚至成了朝圣者不畏艰辛的象征。如果将醇香馥郁的红酒收贮囊中，正好消解朝圣旅途中的劳顿孤独。值得庆幸的是，拉里奥哈正是西班牙最著名的酒乡，此间酿造的葡萄酒不仅在西班牙，即便在整个欧洲也享有极高的声誉。

"拉里奥哈自从古罗马时代便开始种植葡萄，收获佳酿。我们酿酒的历史毫不比法国邻居们短暂，质量也绝不逊色。"在洛格罗尼奥市内的翁塔农（Ontanon）酒庄，品酒师何塞领着我游走在地下的酒窖里。巨大的橡木桶整齐地叠放在地板上，散发着岁月沉积的厚重气息。酒庄的标志——挑着一担美酒的喀戎（希腊神话中的半人半马）雕像被摆放在酒窖的尽头。"从朝圣者踏上圣地亚哥之路开始，拉里奥哈的美酒便是一种强大的驱动力。古时的旅人从欧洲的四面八方汇集到洛格罗尼奥，大多要经过几日的休整，这里的葡萄园与红酒总会给他们温暖的安慰。"何塞将一瓶酒倒入我的牛皮酒囊里，如同古时酒庄的主人那样，祝福那些即将继续前行的圣地亚哥朝圣者。

在沿途散落着无数宗教建筑的圣地亚哥之路上，有两座中世纪修道院最为引人瞩目，它们就是位于圣米兰·德拉·科格拉村郊外的尤索（Yuso）和苏索 (Suso) 修道院。作为载入联合国教科文组织世界文化遗产名录的古迹，这两所修道院并不以建筑风格或宗教传统取胜，而是作为西班牙文字的诞生地闻名于天下。我到访圣米兰小镇之时，尤索修道院正闭门谢客，偌大的院落空寂无人，宛如一幕电影布景。望洋兴叹之余，我只好爬上半山腰，去更为荒僻也更为古老的苏索修道院探寻中世纪的信仰之地。

和山脚下宝相庄严、雕梁画栋的尤索修道院相比，掩映于杂树丛中的苏索修道院更像是一间隐修者栖居的石室，步入狭窄的院门，一条栈道的两侧都是粗糙的石棺，据说葬身于此的人物，大都是卡斯蒂利亚王国的贵族。走廊尽头是一孔幽暗的石窟，基督教圣人"圣米兰"曾经于公元五六世纪时在此闭关隐居，这位圣徒毕生以苦修为志，在担任贝塞欧主教期间将众多教产馈赠贫民，罢职之后重返山林，直到一百零一岁高龄时翩然逝世。如今的苏索修道院，圣人已乘黄鹤去，此地空余一尊圣米兰的雕像，伫立在凹陷的石龛内，慈祥地守望来此朝圣的芸芸众生。在公元 12 世纪，一位（或几位）隐修于苏索修道院的僧侣以卡斯蒂利亚文撰写了一部《圣经》的注释本，并以《圣米兰注记》行世。苏索修道院遂被后人视作西班牙文字的产房，也因此成为全世界西语学者与爱好者们朝拜的圣地。

　　与圣米兰相去不远，朝圣者们便会抵达圣地亚哥之路上最富于中世纪情调的小镇：圣多明各·德拉·卡尔萨达——它也是以一位基督教圣徒的尊号命名的。随着朝圣成为中世纪最流行的信仰方式，在路线的要津逐渐兴起了一座座为朝圣者提供膳宿的集镇。公元1044年，一位名叫多明各的中年修士誓言要在奥哈河畔的森林边修桥建屋，以造福后来的朝圣旅人。他砍伐密林、兴修道路，在平整过的荒地上建造了一间客栈、一座小教堂和一所医院，令远道而来的朝圣者得以在此安心休憩。为纪念这位忘我奉献的修士，人们遂将这座草创的小镇命名为"朝圣道路旁的圣多明各"。千年之后，当我于沉沉夜色中漫步于圣多明各那古意盎然的街巷中，仿佛仍可看到那位筚路蓝缕的老人笃定地行走在他所开创的灵魂道路上。

　　在圣多明各主教堂门外，本地神父胡安正等待着我的到来。他引领我走入大门的时候，教堂内忽然传来几声公鸡嘹亮的啼鸣。"这可是个好兆头，你们在朝圣之路上一定能平安顺畅。"胡安仰头看了看教堂屋顶的一个角落，那里居然隔出一角空间，走动着一对白色羽毛的公鸡和母鸡。看到我一脸诧异的神情，他微笑着说："西班牙有一句名谚，叫作'朝圣路上的圣多明各，烤熟的公鸡也会唱歌'，说的就是我们这里的故事。"

　　胡安和我步入教堂地下的一间墓室，房间正中雪白的石棺内便安葬着小镇的建造者：圣多明各，而一对公鸡和母鸡的形象又被雕刻在石棺的侧壁上。"相传十四世纪的时候，曾经有日耳曼母子两人前往圣地亚哥朝圣，夜宿于圣多明各的一家客栈里。客栈老板的女儿勾引青年男子未遂，便反诬他盗窃财物，扭送到官府。法官不顾冤情，将青年判处了绞刑。"胡安对这则在圣地亚哥之路上流传数百年的故事显然津津乐道，"行刑当晚，绝望的母亲梦见圣多明各显灵，告诉她蒙冤而死的儿子已经复活，于是母亲便将这番话通秉了那个昏庸的法官。彼时法官正在享用晚餐，闻听此言哧然冷笑，指着盘中的两只烤鸡说：'你的儿子若能复活，我盘内的烤鸡就能打鸣。'未料话音刚落，早已熟透的烤鸡便飞跃而起，啼鸣不休。目瞪口呆的法官这才意识到自己的过错，以及圣多明各显现给朝圣者们的信心与奇迹。"

在墓室的尽头树立着一座罗曼风格的石雕，身穿披风、手持木杖的圣雅各昂首挺立，在他身边虔诚仰视的，正是将一生奉献给朝圣者的圣多明各。虽然圣多明各终其一生，并没有站在圣地亚哥—德孔波斯特拉大教堂的祭坛下，为自己祈求永生的福祉，但朝圣之路上的圣多明各·德拉·卡尔萨达小镇，却让为这位谦卑的修道者赢得了尘世间不朽的声名。

君归何处：圣地亚哥的大地钟声

从圣多明各·德拉·卡尔萨达启程，一路横穿卡斯蒂利亚—莱昂的荒原之后，便可进入加利西亚大区的境内。有"绿色西班牙"之称的加利西亚与该国的其他区域相比，的确差别显著。从风土而言，这片位于伊比利亚半岛西北角的土地气候潮湿，森林广被，与干旱炎热的中南部诸省迥异；从文化而言，加利西亚在历史上曾经是凯尔特人生活的故土，这个欧洲最早的铁器民族在血缘、艺术和宗教信仰上，都深刻地影响了后世栖居于此间的族裔。直到今天，加里西亚人依然擅长吹奏风笛，当悠扬的风笛声缥缈于烟雾缭绕的山谷，会令人恍惚之间，误以为自己来到了凯尔特人的另一个家园——爱尔兰。

在氤氲的雨雾中，我依稀看到几间茅草顶的圆形石屋，赶来会面的向导迪亚戈称这里是塞布雷伊罗，朝圣路上一座普通的歇脚小镇。时近深秋，山间的乔木大多已脱落树叶，一根根枝丫在白茫茫的迷雾里如同剪纸的纹样。教堂的钟声清冽地回响在空中，召唤着圣地亚哥之路上那些迷途的旅人。这些用蛮石修筑的小教堂牢牢地扎根在大地上，如同生长了千年的古树。每一个来此祈祷的朝圣者都将星点生命的力量注入其中，令它们历经岁月的洗礼却越来越焕发出灵性的光辉。在教堂的门厅内，摆着几枚印章和一个印盒，供朝圣者自行加盖在旅行文件上。我虽然算不上真正的朝圣者，也将一记蓝色的纪念戳印在护照的内页，让名不见经传的塞布雷伊罗小镇成为我人生中一个可资铭记的驿站。

"按照圣地亚哥之路的传统规则，旅行者必须徒步走完最后的一百公里，或是骑自行车完成最后两百公里的旅行，才有资格宣称自己是一名合格的朝圣者。"迪亚戈告诉我，"这些从沿途小镇教堂里得到的印章不但是行程的证明与投宿的凭据，也是在圣地亚哥之路上行走的人们最宝贵的一笔财富。"在他的指引下，我离开现代化的公路，踏上一条千百年来朝圣者们徒步通行的小径。古老的修道院、鸡犬之声相闻的农舍以及总是指引着前进方向的黄色贝壳标志，令这条掩映在丛林间的古道一如中世纪的风景，似乎将时间的走向悄然凝固。脚步塞窣，从我身后健步走来一位身背行囊的青年男子，与他寥寥几句交谈，获知这个名叫内森的美国人已经在朝圣之路上跋涉了两个月，依照他的计划，再有一周左右的时间，便可以走到道路的终点——圣地亚哥—德孔波斯特拉。

"严格说来，我不是传统意义上的朝圣者。"内森扶着一根树枝，眺望远方绵延起伏的山峦，"我在金融危机中丢了工作，偶然读到一篇关于圣地亚哥之路的文章，便从法国启程，徒步这条八百公里的朝圣路线。我不是虔诚的教徒，一开始甚至不知道圣雅各究竟是何许人也。但沿途那些古老的村庄和教堂却令我不断反思过往的生活。或许，这次远行正是命运带给我的启示：想一想生命原本是为了什么。"

内森穿过一群铃铛晃荡的黄牛，很快消失在我的视野之外。山谷中弥漫着湿润的草木气息，沿途的墙壁上不时有旅人的涂鸦，画着困倦的腿、标明方向的手指和握紧的拳头。前方的道路依然遥远，好在有教堂的钟声鼓动着行者的脚步，慰藉一颗颗疲惫的心灵。

朝圣道路的终点——圣地亚哥—德孔波斯特拉大教堂最终呈现在我眼前，夜色之中，这座尖塔高耸、雕镂繁复的古老建筑辉映在黄白两色的灯光和朦胧的雨丝间，似乎超越了尘俗的界限。公元813年，一位隐修者在星光的指引下，于这片荒凉的原野上发现了圣雅各的坟墓——虽然此时距这位使徒的殉难已历经七百余年。基督教会的领袖们确认了这一"伟大的发现",令这片欧洲最荒僻的土地拥有了堪与耶路撒冷和罗马比肩的神圣地位。不管圣雅各之墓的发现是神秘的灵异事件抑或是基督教会的图谋,动身朝拜甚至保卫圣地,立即成为欧洲基督徒们最狂热的使命,一座以圣雅各为号召的宗教之城也随之崛起于旧世界版图的"天涯海角"。

在千年的时光流转中,圣地亚哥—德孔波斯特拉曾经拥有过无上的荣光,甚至被但丁与歌德赞誉为欧洲民族精神的试炼场,也曾在宗教倾轧与王国战乱之中落魄衰败,几乎断绝了与欧洲腹地的文化关联。直到二十世纪后半期,越来越多寻求生命意义的人们重新踏上通往圣地亚哥的道路,这座古老的城市才再度从闭塞与贫困中复苏,重又焕发出信仰的光芒。唯一的区别或许在于,中世纪朝圣者陶醉于对上帝的礼赞和对原罪的赦免,而当代行走在圣地亚哥之路上的人们,更多的是为了聆听到自己久违的心声。

圣地亚哥大教堂每天都会为从四面八方涌入圣地的朝圣者举行弥撒。在我抵达这座城市的次日中午,很多从"朝圣者公证处"领取了证书的人们从宏伟的"荣耀之门"进入教堂,他们将与当地的信众一起,分享历尽艰辛之后赢得的殊荣。时辰将至,身着绛色袍服的修士们将一尊巨大的香炉提升到礼拜堂高旷的穹顶之下,用力将它摇向半空。熏香的白烟随着香炉跌宕的轨迹弥散在人们的头顶,内穿红色法裙、外披白色罩袍的圣地亚哥大主教开始用西班牙语布道,赞美那些不畏艰险、千里而来的朝圣者。在清越而宛转的圣歌声中，绵延千载的圣地亚哥之路依然延续在一代又一代人的精神血脉里。

虽然大多数朝圣者止步于圣地亚哥大教堂金碧辉煌的主祭坛下，但仍会有人继续前行，朝着伊比利亚半岛的最西端：菲斯特拉角走完最后一段旅程。据说天主教会并不赞赏这一"画蛇添足"之举，因为这座孤悬海上的岬角，曾经是古代凯尔特人崇拜太阳的祭坛所在，象征了异教的信仰杂音。然而无论如何，站在菲斯特拉角尽头的岩石上，眺望着茫茫无际的大海，内心所激荡的情怀又与教堂中的礼赞大异其趣——阳光洒在波光粼粼的海面上，似乎亘古从未改变，人世间的时空坐标瞬间丧失了绝对的价值，那些王国兴衰、教派争执、思潮变迁、人生浮沉，相形之下渺小得竟不知从何说起。我依着千年传承的规矩，将一件旧衣点燃，丢在乱石坑内，寓意新生的更始，在一片夕阳的余晖里，另一段未知的旅程在我眼前倏然开启。

九　浮生若梦西西里

　　西西里在残阳的夕照下昏黄如旧梦，六十年来她悄然隐退于历史的边际，似美人迟暮无心再作青春的装扮，又怆然若失，寂寥不解时代的风情。当曾经显赫的贵族豪门破落于烽火连天的战争岁月，被苔痕沁绿的残垣断壁仍在流传着过往美丽的传说。那些在幽暗的电影院里一度斑驳明灭的记忆，那段惊艳于银幕与街头之上的窈娜身姿，和着一阵阵从地中海上吹来的微风，倏忽起落于异国远游者不可言说的乡愁梦呓里。

　　在西西里首府巴勒莫的老城，时光总徘徊在往昔的沉沉雾霭中，不肯再向前踏入庸常无趣的现世。老欧洲想必都曾如是：曲折狭窄的小巷摆满鲜花与渔货：海胆水淋淋地堆在筐里，鲜煮出锅的鱿鱼用小刀切碎，就着新榨的柠檬汁在街头芬芳四溢。披萨店里的大灶炭火通红，刚出炉的奶酪蔬菜大饼被掀到餐桌的陶盘上，再用本地自产的大樽红酒浇灌下肚。街角一间铁棚子里，有人出售花草和蔬菜的种子，它们被装在绘着花谱菜型的小纸袋里，等待被人买走和播种的那个时辰。老城中心的天主教堂铿然敲响晚祷的钟声，孩子们如天使一般地嬉戏着，而在他们奔跑追逐的背后墙上，看似随意的潦草涂鸦中，赫然竟有"Mafia"（黑手党）字样，令人悚然悟到西西里的"教父"们仍然与这座城市瓜葛不断，血脉不绝。

"你看那些宅院的大门，"一位名叫玛丽亚·沃登的西西里老妇指着街道两侧残破的门楣说道，"它们高大宽敞，原本都是供豪宅的主人们驾着四轮马车进出之用的。"宅院早已荒芜，透光的屋顶与墙头摇曳的野草，如在叹息西西里在三千年文明历史上宛转呻吟的往事。

从公元前八世纪古希腊人开始拓殖这座密布着森林与火山的岛屿，"巴勒莫自古便是征服者的乐园。迦太基人、罗马人、拜占庭人、阿拉伯人、西班牙人、法国人都曾征服过这片土地。如今又轮到我们美国人。"不可一世的美国将军乔治·巴顿在 1943 年西西里登陆之后曾经说过。美国人旋风般的来去，除了将德国军队驱逐出这座孤悬的海岛之外，还将本已被墨索里尼的铁拳逼入绝境的黑手党从魔瓶中释放出来，成为统治这座岛屿最近的一批征服者。西西里，正如意大利电影《西西里的美丽传说》中那位冷艳迷人的女子玛莲娜，为着生存，不得不委身于每一位入主者的庇护之下，却从未寻得过真正的幸福。

西西里曾在一次又一次文明的冲突中遍体鳞伤，又因为血脉的交织混杂而风姿绰约。那些有着摩尔样式的穹顶、西班牙情调的百叶窗，又在房屋的正墙上镌刻着犹太大卫星的老宅或教堂，在巴勒莫的深街窄巷里不经意地吐露着历史的秘密。"西西里人或许是世界上混血最深最广的族群，一家人皮肤、头发和眼睛的颜色都可能完全不同。"曾经嫁给过一位美国人，又在暮年重返故乡的玛丽亚微笑着说，"我的哥哥在战时是一个十几岁的少年，金发碧眼，十分英俊。德国人占领了巴勒莫之后，他因为长得和大多数本地人容貌迥异，曾被盖世太保当成英国间谍扣押起来。不久之后美国人打来，赶跑了德国人，还是因为他那副欧陆面孔，美国人把他当作德国间谍又抓了起来。"

　　童年的记忆不妨微笑地言说，但战争的伤痕在六十年之后，依然是巴勒莫难以磨灭的灵魂之痛。老城的每一个街区都有曾被空袭炸毁的房屋，有些只剩下墙基和地角，甚至还没有罗马城中那些年代久远的殿堂遗址保存得完整。这里曾经是巴勒莫最繁华的市中心，本城的文化社团领袖米歇尔·安东尼站在一片绿茵茵的草地上，勾勒此间原本奢华的大宅和古迹。"炸弹把这些数百年历史的老建筑全然摧毁，人们绝望地在瓦砾中搜寻翻找亲人的遗骸。战后一贫如洗的巴勒莫人再也没有能力将它们复原重建，纷纷搬到城外另辟家园。"米歇尔说，"后来一位市长领着巴勒莫的百姓将所有的瓦砾砖石堆入海水里，竟填出一片不小的土地，在上面建成了一座草木葱郁的海滨公园。"一座基督的圣像立在米歇尔的身后，面容悲悯地聆听着西西里人曲调苍凉的晚祷。而在破败的教堂后壁上，不知是谁用歪斜的中文写了一个"爱"字，似是来自远方一声温柔的祝福。

"这几年，巴勒莫正努力恢复她往昔的容颜，越来越多的人搬回老城居住，西西里人还是眷恋祖先留下的小巷和老宅。甚至连战争的血色记忆也成为我们了的文明遗产。"米歇尔遥遥指点前方用护网遮拦的几座建筑工地，又沿着碎石铺就的小路，步入一所被昔日战火炸得千疮百孔的老教堂。在教堂仅存的一面山墙下面，新近搭建起一座舞台，平实的原木板映衬着古旧的石壁，透露出艺术在历史废墟中茁然成长的生机。"每年夏天，巴勒莫、西西里乃至整个意大利的剧社、乐队、舞蹈团都会来到这里，在星光之下，露天表演他们精湛的技艺。"

在清明的月光之下，地中海澄澈如一场虚无的梦境，倒映着巴勒莫和整个西西里岛悠长绚烂的历史。当第一批古希腊人开始在这里安身立命，当迦太基人驾着他们的航海商船登陆这座丰饶的海岛，当古罗马人在这里建成第一座神圣的殿堂，那份油然的欣喜仍旧弥漫在千年之后的夜色之中，让西西里人得以在动荡的年代里生生不息。白发苍苍的米歇尔坐在老教堂露天的舞台上，仰望头顶的一带星河，安静地说："西西里永远不会被征服"。

十　爱尔兰的电影旅程

清晨的微风拂过寂静的海岸线，一轮朝阳从海面冉冉升起，将爱尔兰岛从苍茫的夜色中悄然唤醒。那些远古时代的凯尔特神话随着海风的吹拂，回荡在荒凉的山谷中。曾经见证了古老文明潮起潮落的巨石之阵与古堡废墟，如同传说中的巨人，依然坚守着岛上不朽的誓言。

——题记

爱尔兰在深秋时节，其实并非旅行的上好去处。天亮得晚，黑得倒是赶早，总是还没到下午四点便晦暗下来。铅灰色的云层铺满天际，雨雾直把人逼入无处不在的小酒馆，在昏黄的灯光下，唯有一杯火辣辣的威士忌下肚，才能消散满身的寒意。这样的天气，虽不为观光客所青睐，倒是能够正心诚意地做一些别样的观察。

以电影的角度切入爱尔兰历史和地理，算是旅行中比较偏门的路数。爱尔兰虽然在一百多年的时间里出了众多文学大师，拿过四次诺贝尔文学奖，但在电影艺术的门类中却不甚出色，除了尼尔·乔丹、吉姆·谢里登等少数在美国和英国打拼的知名导演（但在国际影坛也算不上顶尖角色），就靠几位在好莱坞浮沉的男演员支撑门面。究其根源，国家长期贫弱，无力支持投资昂贵的电影产业算是原因之一，保守的天主教会对电影在道德教化方面的负面评价，也是影业不兴的重要因素。直到二十世纪九十年代，爱尔兰借着全球新兴的高科技产业成为欧洲经济的后起之秀，被称作"凯尔特之虎"，文化生活也渐次摆脱了教会的束缚，走上多元而开放的道路，本国的电影业才有了蓬勃发展的新苗头。

但爱尔兰自有一种独特的气质在，即便是岛上散落的史前古冢、巨石圈或修道院废墟上高高竖起的凯尔特十字架，都能带给人超乎凡俗的玄妙之感。爱尔兰一岛孤悬，毗邻不列颠，隔大西洋与北美洲遥遥相望。虽然在历史上屡遭英国强邻的征服和压迫，甚至数百年间不得自由独立，但以古老的"盖尔语"传承至今的文化传统却绵长而坚韧。异教时代的神话传说和天主教时代的虔诚信仰，交织维系着爱尔兰人的文化血脉，也让这一支凯尔特族裔在身份和政治认同上，始终抗衡着盎格鲁－诺曼人堪称残暴的种族同化政策。即使是今日，尽管爱尔兰从主流文化归属于美、英主导的英语世界，却执意将鲜有实用价值的盖尔语确定为本国的第一官方语言，以此保持民族在自我认知方面特立独行的色彩。

哭泣游戏

按照传统的划界方式，古王国时代的爱尔兰可分为五郡：北部的阿尔斯特、东部的伦斯特、西部的康诺特、南部的芒斯特以及处于中心地位的米斯。相传北人善战，东土富有，西人博学，南人长于音乐歌诗，而中心的米斯郡则是王权所在的必争之地。随着凯尔特时代的王国倾覆，政事更迭，今日爱尔兰被细划成三十二郡，除了北方六郡仍在英国的统治之下，其余的二十六郡都效忠于爱尔兰共和国政府。在南、北爱尔兰之间，已无一道有形的边界，隔断两方民众的自由来往，倒是从 2008 年起，北爱尔兰居民若前往不列颠岛，必须携带自己的护照以资查验，令这些英国属民对来自"祖国"的歧视抱怨不已。

其实以电影题材论，北爱的政治纷争曾长期是有关爱尔兰影像唯一的热点话题。蜚声国际影坛的爱尔兰电影《哭泣游戏》（The Crying Game）和《因父之名》（In the Name of the Father）等，都是以争取北爱尔兰脱离英国统治的"爱尔兰共和军"（IRA）为主题的作品。在"9·11"之前，好莱坞更是一度对 IRA 这个既暴力又不失浪漫的准军事组织趋之若鹜，连布拉德·皮特这样的偶像明星都曾在影片《与魔鬼同行》（The Devil's Own）中扮演过一名爱尔兰共和军份子，潜入纽约购买毒刺式导弹。虽然在影片终场时，皮特被哈里森·福特扮演的警察"政治正确"地击毙，但他那副堕落天使般的模样倒让人更掬一捧同情的热泪。

北爱尔兰首府贝尔法斯特曾经是爱尔兰共和军活跃的"主战场"，自二十世纪六十年代末，英国驻军北爱，开枪镇压民众的和平示威，致赋闲已久的 IRA 再度举事开始，这座城市就陷入了无休无止的血腥梦魇。在效忠英国王室的新教徒与信奉共和、谋求爱尔兰岛统一的天主教徒之间，展开了三十多年惨烈的武装冲突。爱尔兰共和军以不间断的爆炸、暗杀和袭击行动对抗英国政府的严刑峻法与军事打击。两方民众苟活于恐怖的阴影之下，付出了数以千计的生命代价。

"每一个贝尔法斯特家庭都有成员受伤、坐牢甚至死去。我的学生中就有两个人因绝食抗议饿死在英国监狱里。"曾在当地中学担任物理教师的休·赖斯回忆那段历史时告诉我，"学校可能是孩子们唯一的避风港，但一走出校门，他们面对的就又是残酷而绝望的现实。"赖斯先生欣慰于贝尔法斯特总算在新世纪恢复了平静，退休后改做旅行社司机的他能够领着外来的游客穿行在昔日硝烟弥漫的街头，甚至将保皇、共和两派刷在墙上的政治宣传画当作观光揽客的噱头。在英裔新教徒聚居的香克尔路社区，房屋的山墙上绘制有不少死于武装冲突的准军事组织领导人肖像，标语多以支持英王对北爱的统领为主题；而在爱尔兰裔天主教徒控制的福斯路上，则是一墙蔚为壮观的巨型政治波普壁画，将爱尔兰的统一问题与全世界被压迫民族的解放事业联系在一起：巴勒斯坦、古巴、加泰罗尼亚甚至伊拉

克人民，都成了北爱尔兰共和派声援的对象。

伦敦德里

如果追溯北爱动荡历史的根源，必须要去拜访贝尔法斯特西北的另一座城市："德里"（Derry）——或曰"伦敦德里"（Londonderry）——端视到访者在政治立场上是亲"爱"的共和派还是亲英的保皇派。前者是这座千年古城本来的名字，据说源自盖尔语"橡树林"之意；而在"德里"前面加上"伦敦"的前缀，其实是 17 世纪十二名伦敦商人捐钱修建了德里的城墙，以供驻防此地

爱尔兰岛的田园风光

的英军和英国移民据险自守，但在爱尔兰人的眼中，这个被冠以"伦敦"的名字无异于一种对征服历史的认可，其情形仿佛将日本的"东京"冠诸中国某座城市名称的前面。而德里这座城市，本身又与英格兰－爱尔兰之间的恩怨史有着千丝万缕的联系。1689年，信奉天主教而被废黜的英王詹姆斯二世曾率爱尔兰军队围攻德里城内的英军达105天，终究没能拿下这座清教徒据守的城市，也彻底断送了此后两百多年爱尔兰人民的自由前程。德里再度成为世界关注的焦点，则是在1972年1月30日，英国军队武力镇压了游行示威争取民权的两万当地民众，枪杀十四名手无寸铁的平民，这就是将北爱政局彻底推入暴力火坑的"血腥星期天"。

"我无法相信今日的新闻，我无法紧闭双眼让它消逝。这首歌我们还将唱多久？因为今夜我们将万众一心。破碎的瓶子在孩子们的脚下，尸体横倒在死巷的周边。但我才不理会战斗的喧嚣，它让我愤然而起，背水一战。星期天，血腥的星期天。"这是爱尔兰摇滚乐队 U2 的代表作《血腥星期天》（Sunday, Bloody Sunday），他们对这场政治屠杀的控诉在二十多年间传遍了整个世界。2002 年，英国导演保罗·格林格拉斯的电影《血腥星期天》用半纪录片的拍摄风格，还原了三十年前那场悲剧的始末因果，并因此赢得柏林电影节金熊奖。在影片的末尾，脸上写满绝望的爱尔兰年轻人排队领取武器，加入爱尔兰共和军的行列——因为，和平之路已经被屠杀的枪声所断送。

德里老城墙外曾被称为"自由德里"的博格塞德（Bogside）街区，如今已是凭吊"血腥星期天"的历史圣地。1969 年 8 月至 1972 年 7 月间，博格塞德一度脱离英国军警的管辖，成为天主教徒暂时割据的"政治飞地"。在城外一条三岔路口的中央，至今仍屹立着一座白色的山墙，上面用斗大的英文字母写道："你已进入自由德里。"而在墙头的旗杆上猎猎飘扬的，如今却是一面古巴国旗。山墙四周的房屋外壁上，用沉重的色彩画着"血腥星期天"的一幅幅场景：被击中后脑的女孩、在催泪弹的浓烟中奔跑的青年示威者，还有挥舞白旗的一名天主教牧师，他和同伴抱着一名中弹身亡的男子。

"那个被牧师抱在怀里的男子正是我的哥哥。"在德里老城的城墙上，艾迪——一位充当伴郎的中年人望着博格塞德的房顶对我说，"他去世已整整二十五年了。"艾迪陪伴的新郎是德里的消防员，不久前在扑灭火灾的时候受了伤，坐在一把轮椅上和新娘一家合影。"因为救火而负伤不是比因为教派冲突而负伤更好吗？"我问他。"是啊！"新郎骄傲地微笑着，"尤其是在德里老城中驻扎了几百年的英国军队终于撤走了。那座军营——酿成'血色星期天'事变的军营——现在只是一片停车场。"

　　爱尔兰共和军在 2005 年 7 月宣布永久停火，彻底放弃了长达三十五年之久的武装斗争。英国政府也做出和解姿态，布莱尔首相甚至向电影《因父之名》中蒙冤入狱的爱尔兰受害家庭正式道歉。但贝尔法斯特与德里看似平静的市容，并不能掩盖天主教徒与新教徒两方的分歧。他们依然用绿、白、橙三色（爱尔兰国旗的颜色）与红、白、蓝三色（英国国旗的颜色）标示他们的政治立场与势力范围。好在协商与对话机制终于取代了炸药和枪弹，正如树立在德里老城中的两座青铜人像那样：他们的手臂已经谨慎地伸向了对方，尽管他们的手掌还没有最终紧握在一起。

尤利西斯

　　和刚从战乱的戕害中复苏的贝尔法斯特相比，爱尔兰共和国的心脏都柏林显然更富有人文荟萃的繁华气象。丽菲河从城中逶迤穿过，为这座一千年前维京海盗始建的城市平添了几许漾动的活力。从早到晚，川流不息的不只是河水，更有匆匆奔涌在大街上的上班族人潮，映衬着爱尔兰蓬勃发展的新经济。城市中心的圣殿酒吧区（Temple Bar）——或者译作"庙街"——更像是北京的后海，经历了几个世代的兴衰起落，如今吸引着四海而来的旅行者在狭窄的巷子深处觅一家小酒馆，听几个懒散的乐手弹唱一段爱尔兰民谣。

酒吧与乐队在都柏林的确多如牛毛，既有像 U2 乐队那样功成名就，甚至在丽菲河畔修楼盖屋的大牌明星，也有自得其乐地在小酒馆里即兴演奏的无名之辈，这都无碍于音乐在这座城市的空气里恣意蔓延。爱尔兰导演约翰·卡内曾在 2006 年执导了一部低成本的文艺电影《曾经》（Once），讲述一名街头卖唱的都柏林男子与一位卖花的捷克女郎之间因音乐产生的短暂情缘。片中的男、女主角虽然被彼此的才华吸引，却最终没有搞出什么风流韵事。发乎情，止乎礼，合乎乐，相忘于江湖。

都柏林最繁华的"庙街"和格拉夫顿大街（Grafton St.），每天都在上演这样的轻喜剧。来自欧洲各国的江湖艺人撂摊弹唱，或是表演各式曲艺杂耍，引得成群的看客驻足围观。但要欣赏传统的爱尔兰音乐，还是要到一些非商业性质、旨在传承凯尔特艺术遗产的文化中心。在那里，很多民间音乐演奏者定期雅集，即兴演奏。每当夜幕降临时，三五好友坐在老屋火光荧暖的壁炉旁边，随意拉曳小提琴的弦弓，敲响宝思兰鼓，再加上曼陀铃与六角手风琴的曼妙和声，那些白日里为生计操劳的人们放下身心，神驰于古老而淳朴的旋律，回归到空明宁静的音乐世界中。

而爱尔兰国宝级的乐器——凯尔特竖琴，却甚少参与这场器乐的交欢。被爱尔兰人郑重印在国徽、欧元硬币甚至健力士啤酒商标上的竖琴似乎全然来自另一个世界，有着不可轻慢的王者风范。它总是被正襟危坐的少女矜持地抚动琴弦，演奏出行云流水般淙淙的音色，用古典的诗意，将人蓦然带回到精灵与仙女们主宰的爱尔兰传说时代。

除了音乐与美酒，都柏林还是爱尔兰作家们的灵魂栖息的地方。圣三一学院是奥斯卡·王尔德度过青年时代的地方，阿比剧院则是大诗人叶芝用话剧复兴爱尔兰民族文化的试炼场。而詹姆斯·乔伊斯的身影更是无处不在。漫步在宽广的奥康纳大街上，不但能够邂逅詹乔伊斯神情荒诞的青铜雕像，如果运气好，还能看到几位《尤利西斯》的忠实拥趸头戴宽边黑礼帽，打扮成小说主人公利奥波德·布卢姆的样子招摇过市。

虽说乔伊斯的这部"文学天书"真正能通读且看懂的人寥寥无几，但这并不妨碍每年的 6 月 16 日——也就是所谓的"布卢姆日"——来自五湖四海数以万计的文学爱好者云集都柏林街头，按照小说中这位犹太报纸广告员一天的行程，从海滨的圆形瞭望塔一直走到市中心的奥康纳桥，穿过圣三一学院，再在奥蒙德啤酒馆痛饮一杯健力士黑啤酒，最后到北乔治大街的乔伊斯中心瞻仰法国首版的《尤利西斯》……这几乎是都柏林规模最大的一条观光线路，也算是为众多一知半解的乔伊斯崇拜者恶补了一堂有关《尤利西斯》的人文地理课。

1904 年的那个"布卢姆日"其实是詹姆斯·乔伊斯与少女诺拉·巴

纳柯定情的日子。他们在四个月后便私奔出国，从此再也没有回到爱尔兰长住。诺拉不仅追随乔伊斯流浪欧洲各地，她还是《尤利西斯》中主人公布卢姆的妻子莫莉的原型。他们的这段情史在一部名为《诺拉》（Nora）的爱尔兰电影中有过详尽的描述。"没有一个人像你那样与我的灵魂这么接近。"乔伊斯曾对这位毕生陪伴着他的女子说道。诺拉那来自底层社会的勇气和强韧的生命力，也支撑着羸弱多病的乔伊斯完成了他在欧洲文学史上继往开来的惊世之作。

《尤利西斯》中利奥波德·布卢姆领取邮件的都柏林邮政总局，

爱尔兰的丘陵与小镇

其实也是爱尔兰独立时代的标志性建筑。这座位于奥康纳大街富丽堂皇的大楼，曾在 1916 年 4 月 24 日爆发的"复活节起义"中成为爱尔兰共和兄弟会义军的指挥部。虽然这次武装起义只坚持了短短的六天，却成为自 1798 年爱尔兰大起义以来最为壮烈的一次民族解放之战。都柏林邮政总局被两万英军的枪炮围攻，墙壁与立柱上的累累弹痕至今依稀可见。十五名义军领袖战败被捕后，立即遭到英国政府的杀害，更激起了爱尔兰民众的独立风潮。爱尔兰导演尼尔·乔丹执导的电影《傲气盖天》（Michael Collins）便是以这一历史事件为叙事的起点，讲述经历了"复活节起义"的鲜血洗礼之后，一位名叫迈克尔·柯林斯的青年战士如何成长为爱尔兰独立运动最杰出的军事领导人，又因为签署了英国以分割爱尔兰北方六郡为前提的《英爱条约》，被激进的共和军游击队员暗杀身亡。

迈克尔·柯林斯之死将爱尔兰内战推向血腥的高潮。英国老导演肯·洛奇 2006 年摘得戛纳金棕榈大奖的电影《风吹麦浪》（The Wind that Shakes the Barley），便着力讲述了这一历史段落的悲情故事：在不同的政治诉求之下，曾经并肩抗击英军的亲兄弟翻脸便成为你死我活的仇敌。时至今日，爱尔兰人却不再如从前一般愤懑无助：茁壮成长的经济实力与不断增强的文化自信心，再加上天主教一贯鼓励的高生育率政策，或许会让未来的天平慢慢倾斜。